AF408837

Colons

Un roman Western

Richard G. Hole

Far West

SYNOPSIS

Il n'est pas surprenant que l'Histoire de l'Humanité, et en l'occurrence de l'Amérique du Nord, regorge d'épisodes héroïques ou sanglants pour la possession de la terre.

Les pionniers audacieux qui ont ouvert les routes de l'Ouest américain se sont battus et sont morts pour le conquérir à leur profit.

Ils se sont battus jusqu'à la mort contre les sauvages Indiens pour leur avoir pris des centaines d'hectares que les Rouges ne cultivaient pas, mais tenaient pour protéger le gibier qui était leur principale nourriture.

Plus tard, lorsque les vainqueurs de cette lutte tragique ont réussi à s'installer et à récupérer la propriété, parfois conquise dans le sang et avec des pertes sensibles entre les deux camps...

Colons est une histoire appartenant à la collection Far West, une collection de romans développés dans le Far West américain.

COLONS

CHAPITRE I

AINSI ABILENE EST NÉ

La terre est la mère de l'humanité car c'est elle qui fournit aux rationnels et aux irrationnels la base de leur subsistance, mais elle est une mère commune à tous, même s'il arrive que certains de ses enfants, plus égoïstes et ambitieux que d'autres, faire. ils veulent tout d'elle, même au prix de la part sacrée qui correspond à leurs frères.

Il n'est donc pas étonnant que l'Histoire de l'Humanité, et en l'occurrence de l'Amérique du Nord, regorge d'épisodes héroïques ou sanglants pour la possession de la terre.

Les pionniers audacieux qui ont ouvert les routes de l'Ouest américain se sont battus et sont morts pour le conquérir à leur profit.

Ils se sont battus jusqu'à la mort contre les sauvages Indiens pour leur avoir pris des centaines d'hectares que les Rouges ne cultivaient pas, mais tenaient pour protéger le gibier qui était leur principale nourriture.

Plus tard, victorieux de cette lutte tragique, ils parvinrent à s'installer et à s'emparer de la propriété, parfois conquise dans le sang et avec des pertes sensibles entre les deux camps, les ambitieux, les égoïstes, les forts arrivèrent derrière, pour se grouper en gangs, et les a contestées. ces terres fertiles, pour la réalisation desquelles ils n'avaient rien exposé pour les conquérir.

C'étaient les faux enfants de la terre mère, ceux qui voulaient tout et essayaient de l'enlever à ceux qui avaient obtenu la bonne chose, et cela a causé cela à travers les plaines et les prairies, où le sol vierge a été offert aux audacieux qui ont voyagé des milliers de milles pour s'en emparer, d'innombrables pages de sang ont été écrites, car celui qui avait risqué sa vie pour conquérir ces terres, n'était pas d'accord avec les autres, aussi audacieux et puissants soient-ils, essaierait de les emporter.

L'un des États les plus fertiles en terres, surtout à la suite de la guerre civile, qui, lorsque le Nord s'en est emparé, les a détenus presque exclusivement pendant trente ans, était le Kansas. Cet état, divisé en trois plates-formes de hauteurs différentes, offrait surtout dans sa partie orientale tout ce que le fermier et l'éleveur pouvaient souhaiter pour leurs oreilles ou leur bétail. C'était la plus fertile de toutes, car la plaine occidentale était presque aride, terne avec très peu d'arbres, coupée par les vallées de l'Arkansas et de la Smoky Hille River, dans laquelle de nombreux fossiles et restes de caravanes ont été trouvés, écrasés par les tempêtes de glace et sable pendant les marches audacieuses des itinéraires susmentionnés.

Ce territoire n'était connu que des Indiens de l'Oregon, des Osages et des Chiens noirs, jusqu'en 1541, lorsque le célèbre explorateur espagnol Coronado, accompagné de ses troupes, est arrivé à la recherche d'or dans un endroit qui aurait été entre les villes. de Great Bend et Junción City, noms actuels de ces villes.

A cette époque, selon les chroniques de quelques voyageurs audacieux qui parcouraient une partie du territoire, elle était connue pour "la ceinture d'herbes bleues" et son sol offrait quatre sortes d'herbes précieuses : La soi-disant "pied de dinde", " l'herbe barbue", "le chardon vert" et "l'herbe de l'amour", des classes qui existent encore, très soignées par les agriculteurs.

Mais contre ces excellences de la terre, il fallait compter sur ses terribles tempêtes de sable qui ont entraîné le paillis d'une superficie de neuf millions d'un seul coup sur les toits des greniers et tué le bétail, les traînant comme des plumes.

Mais aucun agriculteur ou éleveur ne pouvait s'installer l'esprit tranquille avant la fin de la guerre et l'inauguration de l'« Union Pacific ». Cette paix a été obtenue grâce au traité de non-agression avec les Indiens et c'est à partir de cette date que la colonisation de ce qu'on est venu à appeler « le grenier de l'Amérique » a véritablement commencé.

C'était peu de temps avant le déclenchement de la guerre civile, lorsqu'un groupe compact de "désespérés" s'est rassemblé dans une caravane, partit sur les traces de la route de Santa Fe, à la recherche d'une expansion territoriale pour leur désir de vivre. Les États surpeuplés offraient peu de possibilités, et la terre dans de tels endroits était plus qu'étalée et exploitée.

Ce n'est qu'en abandonnant la civilisation et en cherchant des horizons non explorés sinon exploités que l'on pouvait obtenir des parcelles de terre sans propriétaire pour les revendiquer ou exiger des redevances que leur misère ne pouvait payer.

Il fallait exposer beaucoup pour obtenir quelque chose et ils n'hésitaient pas à l'exposer.

Laissant derrière eux la partie orientale du pays, déjà presque remplie, ils pénétrèrent au cœur de l'État, et ainsi, un jour, ils arrivèrent à un endroit où les forces et les ressources semblaient avoir atteint leur apogée.

Cet endroit était niché dans la partie ouest et plus tard, quelqu'un l'a baptisé du nom étrange d'Abilene.

C'était vrai que ce n'était pas la partie la plus idéale du Kansas, mais cela avait un avantage : l'endroit choisi était le long du lit de la rivière de Smoky Hill et le bénéfice de l'eau faisait de toute la terre qui s'étendait le long de ses rives, c'était aussi laid et prometteur comme ils le cherchaient.

La caravane se composait d'environ quatre-vingts hommes, femmes et enfants et était dirigée par un vieil homme énergique, qui avait été auparavant caravanier et qui connaissait en partie les routes et le terrain.

Tous les colons venaient de l'Est et avaient dû faire un voyage difficile de centaines de kilomètres, jusqu'à ce qu'ils s'enracinent dans cette partie de l'État. Épuisés, hagards, certains n'ayant que la peau collée aux os, ils se sont effondrés dans l'herbe épaisse et ont juré de ne pas avoir le courage d'aller plus loin.

Soit ils s'y installaient à travers vents et marées, affrontant les nouvelles épreuves qui leur seraient présentées pour fonder et entretenir la ville, soit ils se laisseraient mourir face au soleil ou emportés par une tempête de sable.

Les plus en vue de la caravane se sont réunis en concertation, le pour et le contre ont été étudiés et il a été décidé à la majorité des avis de s'y installer.

Le lieu avait un avantage : la rivière, avec son influence bénéfique sur ses cultures, mais sans voies de communication. Le chemin de fer qui, trois ou quatre ans plus tard, devait traverser l'État pour se rendre à la côte, traverserait une vingtaine de milles, était insignifiant pour la vie d'une ville et pouvait bien résister à son arrivée. Ce serait le temps qu'ils calculeraient nécessaire pour que leurs propriétés cèdent au maximum et alors ce serait peut-être profiter du chemin de fer pour envoyer leurs produits vers l'Est et l'Ouest.

Et là, ils sont restés en communauté, non sans avoir d'abord remarqué le vieux guide nommé Víctor Bird :

« Camarades, il ne nous est pas caché que nous allons traverser d'énormes mois de privation et d'angoisse jusqu'à ce que nos futures récoltes nous donnent assez pour nous nourrir et je ne dis rien jusqu'à ce que nous puissions en tirer profit. Cela peut être possible si nous nous sacrifions en faveur des autres, selon les possibilités de chacun.

« Dans cette caravane, nous avons rassemblé des hommes et des femmes de différents états ; Certains, mieux dotés que d'autres, arrivent avec des provisions et des objets que d'autres ont manqué ou n'avaient pas. Si jusqu'à ce que le moment soit venu pour chacun de se débrouiller seul, ceux qui ont plus n'aident pas ceux qui ont moins, certains mourront de faim tandis que d'autres prospéreront.

"Et moi, avant de clouer mes talons à jamais dans cet endroit, j'ai besoin de connaître en profondeur la qualité humaine et morale de chacun.

« Au cours de ce voyage ardu, nous nous sommes entraidés sans appréhension ni préjugés matériels. Quand quelqu'un tombait malade, quel que soit son état, les autres se multipliaient pour s'occuper d'eux quand le danger des Indiens s'est fait sentir, nous avons tous risqué nos vies pour la communauté, parce que nous étions tous un, et quand il y a eu des pertes malheureuses , Parce que la vie est comme ça, les plus pauvres ou les plus riches tombés ont été enterrés dans la prairie ouverte et nous sommes tous tombés à genoux pour prier une prière pour leurs âmes, car toutes les âmes qui sont restées parmi nous étaient égales devant Dieu et les hommes.

« Mais nous avons atteint notre objectif et cela soulève la nécessité d'évaluer les attitudes. Nous allons avoir besoin de tout notre courage et de tout ce qu'il nous reste pour défendre nos vies, et je demande à ceux qui arrivent mieux doués que les autres, s'ils veulent bien que cette harmonie qui régnait entre nous pendant le voyage, ne soit pas rompue et que chacun de nous apportera ce que nous avons pour le bien commun.

« Cela ne veut pas dire que celui qui a le plus doit le donner gracieusement à celui qui a le moins. Ce ne serait pas juste et, par conséquent, celui qui donne à quelqu'un qui manque, recevra la preuve de la valeur de ce qu'il a prêté, de sorte qu'en temps voulu, lorsque celui qui l'a reçu sera en mesure de le faire, il le rendra honnêtement et, si c'est le cas, avec ses revenus correspondants.

« Et puisque je fais partie de ceux qui peuvent donner l'exemple, parce que la chance m'a aidé à gagner un peu d'argent pendant mes années à diriger des caravanes et que je l'ai utilisé pour me ravitailler pour ce dernier voyage, je serai le premier à mettre à disposition de la communauté comment beaucoup j'ai.

« Le jour qui se termine, il se terminera pour moi et pour tout le monde et si nous devons avoir faim, nous le traverserons également.

« Mais j'ai besoin du consentement sans réserve de tout le monde. Sinon, ici la caravane se termine. Je continuerai jusqu'au Nouveau-Mexique, car j'ai les moyens d'y arriver et que chacun se débrouille au mieux.

« C'est tout ce que je dois exposer avant de commencer à décharger mes wagons et de me consacrer à la construction de ma maison ; Que les autres parlent, et s'ils veulent bien m'imiter, qu'ils jurent de la main sur cette Bible que j'apporte, qu'ils m'imiteront en tout, car je saurai donner le bon exemple.

« Maintenant, vous avez la parole.

Il n'y avait pas de divergence. Tous juraient solennellement de venir en aide à ceux dont les ressources étaient épuisées en s'engageant à rembourser ce qui leur avait été prêté lorsqu'ils seraient en mesure de le faire.

Bird, satisfait de la noble attitude de tous ceux qui composaient la caravane, les arrêta en disant :

« Mais cela ne suffit pas, camarades. Nous devons nous prémunir pour l'avenir et je veux que tout comme nous allons être unis à cet égard, il est impératif que nous soyons unis dans d'autres très importants.

« Nous savons tous par expérience amère ce que les ambitions humaines et l'égoïsme signifient dans les terres que nous avons laissées derrière nous. Nous connaissons tous l'ambition de ceux qui ne recherchent que le bien, ce qui déjà rapporte, sans avoir à subir l'amertume de travailler pour le faire performer. Vous connaissez tous le pillage des voleurs de bétail, des désespérés, et même de ceux qui, parce qu'ils possèdent de l'argent, cherchent ce qui leur convient au détriment de ceux qui le possèdent.

«Nous allons limiter de nombreux hectares de terres, nous allons les faire prospérer, nous allons en faire une vallée fertile qui un jour peut tenter la cupidité de quelqu'un et je veux exiger deux choses de tout le monde.

« L'un, que, lorsqu'on défend le patrimoine commun, il n'y a pas de restrictions. Nous devrons tous exposer ce qui est nécessaire, comme si nous ne défendions que les nôtres ; et un autre, que personne ne vendra jamais ce qu'il choisira maintenant comme propriété, pour éviter que des éléments perturbateurs ne s'infiltrent en nous et ne transforment un jour en enfer ce qui semble être le paradis.

«Cela ne signifie pas que si quelqu'un se fatigue un jour et veut prendre sa retraite, il ne peut pas le faire ou devrait laisser derrière lui ce qui lui a coûté tant de sueur. Pas ça. L'idée est que, si cette opportunité se présente, l'offrir à la communauté pour qu'elle puisse l'acheter.

« S'il n'y a personne qui veuille prendre en charge l'acquisition seul, ils le feront à plusieurs, et sinon, entre tous, mais tout ce que nous limitons maintenant sera à nous sans ingérence d'étrangers.

« Et peu importe qu'avec le temps arrivent de nouveaux colons qui veulent s'installer parmi nous. Il y aura beaucoup de terres où ils pourront le faire, mais avant d'enfoncer un pieu dans le sol, ils devront respecter l'alliance que nous signons et s'ils refusent, ils seront obligés de s'installer à un mile au-delà des limites de la ville. Nous n'admettrons pas de dangereux cales qui perturbent l'étroite harmonie que nous allons atteindre.

« Si vous êtes d'accord avec ce nouveau point, jurez-le aussi et en temps voulu un document sera rédigé reprenant tous les points convenus. Qu'il y ait un témoignage qui puisse être invoqué en son temps si quelqu'un essaie de le manquer.

« Ce document sera celui signé par ceux qui arriveront plus tard et voudront rester. Ainsi, personne ne prétendra un jour que l'engagement n'existait pas ou entend le déformer à son gré.

Ils étaient tous d'accord avec le vieux caravanier. Ils ont compris que leurs prévisions étaient un bouclier pour tout le monde et que cela se protégerait les uns les autres.

Après le serment solennel, le terrain a été étudié et l'opportunité de s'installer sur un seul rivage ou sur les deux a été discutée. Victor a donné son avis.

«Je comprends que dans les deux et donc nous serons plus encombrés et plus proches les uns des autres. Le fleuve, sauf en période d'alluvions, est guéable, mais, malgré tout, nous pouvons construire un pont qui nous unit. Si nous n'occupons qu'une seule rive, demain d'autres peuvent venir s'installer sur l'autre rive, et s'ils se proposent de le faire, nous créer des difficultés.

Sa proposition fut acceptée et il étudia ensuite la quantité de terre dont chacun aurait besoin en fonction de la famille qui l'accompagnait et des armes utiles qu'il pourrait utiliser pour la cultiver.

Il a également été convenu que la ville serait agglomérée sur la rive sud, car c'est la plus protégée et la plupart des cultures seraient réparties sur la rive opposée, à l'exception de quelques parcelles le long du rivage dans la partie de la ville. Ensuite, les emplacements de chaque colon seraient tirés au sort et les limites de la ville seraient fixées.

Ce fut une tâche ardue sur deux jours, mais au terme de cette courte étape, tout était prévu.

Les parcelles ont été tracées. Certaines étaient plus proches du fleuve que d'autres, mais la terre était partout fertile et, si nécessaire, l'ouverture de canaux serait étudiée pour amener l'eau aux terres qui en avaient besoin.

Avec la création de la ville, il procéda à sa distribution de la même manière. Les cabanes entoureraient une grande place qui s'ouvrirait au centre, laissant une certaine quantité de terrain libre pour éventuellement fonder une école, construire une petite église et si possible, un Conseil municipal qui s'occuperait de l'état et de la propreté de la ville. , ainsi qu'une maison pour le shérif, si la ville grandissait et qu'il fallait nommer une autorité.

Mais pendant que cela arrivait, ce qui allait prendre du temps, il fallait que quelqu'un assume une autorité platonicienne pour intervenir en cas de différend entre les colons. Tout devait être sauvegardé, et Victor l'a sauvegardé. Il fut unanimement convenu de lui accorder cette autorité, mais Bird refusa catégoriquement. Il a demandé que deux autres soient nommés et seulement au cas où ces deux-là ne seraient pas d'accord, il déciderait avec son vote de qui en était la raison.

Après tous ces travaux préliminaires, ils s'adonnaient tous fébrilement à la construction de leurs cabanes, ce qui était pour eux le plus urgent. Plus tard, quand ils ont mis leurs familles à l'abri du froid et de la pluie, il a été temps de commencer à labourer la terre.

Et c'est ainsi que fut fondée la nouvelle ville, qui apparut un jour avec une bannière clouée à un arbre, dans laquelle on pouvait lire le patronyme avec lequel elle devait être connue. Au fil du temps, de nouveaux colons se sont ajoutés qui en traversant la plaine et en découvrant cette nouvelle ville florissante et tranquille, ont voulu la rejoindre, et après avoir accepté les conditions imposées, ils se sont installés sans aucun inconvénient.

Jusqu'au jour où, à vingt milles de là, les rails du grand chemin de fer qui devait unir la nation d'est en ouest et en faire l'une des régions les plus laides de tout l'État ont commencé à s'installer dans le pays.

Mais avec le chemin de fer devait venir la menace qui briserait la paix et la tranquillité de ses habitants. Cette zone, même si elle était la plus pauvre de l'État, était souhaitable, car le train résoudrait de nombreux problèmes et avec lui en vue, l'expansion de l'agriculture et de l'élevage serait devenue irrésistible.

CHAPITRE II

DEUX ANCIENS COMPAGNONS

La vie de la ville put se consolider deux ans après sa construction, non sans que ses habitants cessent de subir d'innombrables misères et privations, mais la solidarité régnait entre eux et, s'entraidant, ils parvinrent à se sortir des embouteillages.

Jusque-là, l'utilité extraite de la terre n'avait servi qu'à vivre de leurs premières récoltes, mais il ne leur était pas encore possible d'obtenir un plus grand profit en vendant le surplus. Il y avait un long chemin à parcourir avant qu'ils puissent organiser un petit marché où ils pourraient vendre leurs produits et recevoir de l'argent à dépenser pour des choses qui étaient très nécessaires pour remplacer ceux qu'ils avaient usés.

Victor, en homme des prairies, s'inquiétait de ce problème très pressant, il s'est imposé de faire deux choses très importantes : l'une, enregistrer le terrain délimité pour le protéger d'éventuels débris ; une autre consistait à visiter des villages relativement proches les uns des autres pour vendre ou échanger des articles qui venaient de fournir aux colons ce dont ils avaient le plus besoin.

La recherche devait être effectuée à Hutchinson, qui était la ville d'importance la plus proche où le Registre était situé dans cette région, et cela impliquait un voyage de cent milles à couper le souffle.

L'autre chose qui s'imposait selon les critères de l'ancien caravanier, était plus ambitieuse, mais il avait une certaine vision d'avenir et il la fit connaître aux colons.

Le site choisi pour s'installer était une sorte de petite prairie ou de minuscule vallée, enfoncée entre deux hautes dépressions dans le sol.

Le village avait été construit à l'abri de la dépression orientale, qui coupait le vent et les protégeait en partie des tempêtes de sable lorsqu'ils se dirigeaient vers la dépression ouest, mais ils se terminaient au milieu du vallon. Le reste était de l'herbe bleue, où se nourrissait le bétail sauvé de tant de vicissitudes, s'engraissant somptueusement facilement.

Ainsi, les jeunes qui étaient nés d'agneaux et de chèvres et même de quelques bovins, présentaient également une apparence magnifique. S'ils avaient les moyens d'acquérir plus de bétail, en peu de temps il leur serait facile de se doter d'un précieux troupeau.

Cela avait été vu d'avance par l'ancien caravanier et pour cette raison, lorsqu'il avait décidé d'entreprendre seul la marche vers Hutchinson, il rassembla les colons et dit :

« J'ai pensé que puisque tout ce que nous avons occupé et mis au travail jusqu'à présent va être enregistré, il serait très utile d'enregistrer également tout ce qui reste de la prairie jusqu'à la dépression qui la coupe.

« Il est vrai que jusqu'à présent, cela ne nous est pas utile, sauf pour parcourir les quelques bovins qui ont été sauvés de l'abattage, mais personne ne peut prévoir ce qui peut arriver demain, lorsque nous continuerons à prospérer et que le chemin de fer nous aide à résoudre des problèmes qui, à dès qu'ils dépassent nos possibilités d'action.

«Ce vilain morceau d'herbe peut nous être très utile de deux manières. Un, pouvoir vendre quelques parcelles supplémentaires au profit de tous si d'autres émigrés arrivent et ressentent le désir de s'installer ici. Si nous avons traversé et enduré le pire et que ceux qui viendront trouveront bien des difficultés résolues, il est juste qu'ils ne jouissent pas des mêmes privilèges et contribuent en argent ce qu'on leur a épargné de contribuer en travail et en fatigue. Cela nous aiderait à acquérir du bétail ou des choses d'utilité commune et cela ne diminuerait pas la valeur de nos récoltes.

Mais il y a plus. J'ai entendu des avis, des projets pour l'avenir ; Ici, il y a ceux qui avant d'être un colon étaient un cow-boy et rêvent de pouvoir élever un petit ranch et élever du bétail qui rapporte un bon profit.

« Je sais que des marchés ont été ouverts en route pour recevoir tout le bétail qui vient du Texas et qu'en raison du manque de viande que la guerre a produit, tout ce qui arrive se vend très bien. Si nous pouvions élever du bétail, nous profiterions de cette séquence de pénurie et pourrions les vendre de manière plus rentable que les éleveurs venant du Texas.

« Mais pour cela, il faut assurer des pâturages et nous avons des pâturages. Bien sûr, nous ne pouvions pas y installer un ranch à grande échelle, mais en phase avec les possibilités offertes par ce terrain inexploité.

«Et c'est mon idée que nous l'enregistrions également comme propriété de la communauté et quand la chance nous aide un peu plus, achetons du bétail, construisons le ranch et exploitons non seulement l'agriculture, mais le bétail.

"C'est un rêve ambitieux et peut-être pas à court terme, peut-être que moi qui suis déjà vieux, je ne le vois pas pleinement réalisé, mais si je mourais avant de l'avoir réalisé, je quitterais le monde convaincu d'avoir contribué à assurer la bien-être d'une poignée de familles. digne d'être aidé à tous égards.

« C'est mon idée, vous l'étudiez pendant que je prépare le wagon pour aller à Hutchinson vérifier l'immatriculation au nom de tous. Ce que vous acceptez sera ce qui est fait.

L'un des colons a fait une objection :

« Tu penses que c'est facile ? L'enregistrement des parcelles de chacun n'est pas compliqué, puisqu'un plan du lieu a été dressé, avec les terres que chaque colon occupe et nos noms, mais... comment enregistrerions-nous la prairie dans ce qui reste inexploité ? Pour que l'Etat nous accorde le privilège de nous considérer propriétaires de terres incultes, il exige l'exploitation par celui qui demande l'enregistrement et nous pouvons démontrer que nous exploitons chacun la terre bornée, mais la prairie... aucun de nous ne l'exploite et, au nom de qui vérifierait ce dossier ?

« Eh bien, au nom de toute la ville. Ce serait une propriété communale et, en termes d'exploitation, nous pouvons montrer que nous y avons notre bétail et que nous avons l'intention de construire un ranch et d'acquérir plus de roses. Je ne pense pas qu'il y ait de difficulté à l'obtenir, pour une raison. Ce que le gouvernement veut, c'est que la richesse du sol augmente, que chaque jour la terre mère produise plus et s'il doit céder cette terre en échange d'une plus grande productivité, peu importe à qui elle est donnée, mais le produit qui est donné. en découle. Nous ne voulons pas qu'il continue comme il l'a été jusqu'ici, mais qu'il soit utile à tous.

« Si vous pensez que c'est faisable, il n'y a plus rien à dire. Je me suis limité à signaler un éventuel échec, mais s'il n'existe pas, allez-y.

"Là-bas. Avec le plan de la ville et des parcelles en exploitation, ainsi que les noms de tous les propriétaires, nous émettrons un document signé par eux, dans lequel l'attribution totale de la parcelle de prairie est demandée pour construire un ranch et augmenter encore plus le bétail que nous possédons.Je suis sûr qu'il n'y aura pas d'opposition à cela.

« Cela étant le cas, nous le signerons et j'espère que vous nous l'accorderez !

Victor allongea le document, le mit à la signature de tous et avec lui le plan général de la prairie, ainsi que l'emplacement de la ville, il se prépara à partir. Avant de le faire, il a déclaré :

« Désormais, si quelqu'un a de l'argent et que cela ne dérange pas de l'utiliser, il peut me le confier et je profiterai du voyage pour acquérir des choses dont je sais qu'elles sont nécessaires pour nous tous. Nous allons alléger de nombreux problèmes qui nous entravent maintenant. Quiconque a besoin de quelque chose, donne-moi une liste.

Au moment de commencer le voyage, Victor avait les poches pleines de notes, qu'il devrait plus tard mettre pour savoir ce qu'il aurait à acheter en ville.

Personne n'avait le moindre soupçon qu'il n'avait pas tenu sa promesse. D'abord parce qu'il avait donné de nombreuses preuves de camaraderie et d'intérêt, et ensuite parce qu'il laissait ses champs à l'abandon, bien qu'avec la promesse de chacun de s'en occuper en son absence.

Victor fit un pénible voyage de cinq jours pour rejoindre le village, mais endurci sur ces routes épuisantes, il leur résista bien, bien qu'il ne soit pas un enfant, et entra à Hutchinson le cinquième jour en milieu d'après-midi. Comme il n'était pas temps de s'inscrire, puisqu'il ne fonctionnait que le matin, il chercha une auberge où il pourrait dormir cette nuit-là, pour vérifier les opérations pertinentes le lendemain qui laisseraient l'affaire résolue et ses compagnons de fatigue, sûrs que personne ne pourrait contester sa terre. occupé.

Quand, après avoir laissé la charrette à l'auberge, il descendit dans la rue pour se promener, il se sentit étranger à tout ce qui l'entourait.

Deux longues années immergées dans cette prairie abandonnée, travaillant comme un galérien et traversant des épreuves comme les autres, avaient laissé l'empreinte d'Abilene si profondément gravée sur sa rétine qu'il ne pouvait se résoudre à l'idée de contempler quelque chose d'aussi antagoniste que quoi il faisait face. entouré.

Les magasins, les rues pleines de monde, les véhicules qui circulaient, tout ce qui signifiait dynamisme et progrès, s'y rencontraient en contraste frappant et elle ne savait si elle devait regretter de ne pas être définitivement dans cet environnement, ou aspirer plus fortement à ce que est arrivé. laissé derrière lui quelques jours auparavant.

Et la vision de la petite ville qui l'entourait était plus forte dans son esprit.

C'était comme un morceau de son âme, quelque chose qui était né de son effort avec lui des autres ; il n'y avait là rien de frivole ou d'artificiel ; Là, tout était travail intense, inconfort, sueur, fatigue et privation en vue d'un avenir plus prometteur, mais il y avait la terre mère accueillante qui méritait un tel cadeau et cela était si profondément ancré dans l'âme de l'ancien caravanier, que il n'a pas j'aurais changé pour rien.

Il est vrai qu'il lui manquait beaucoup de choses nécessaires qui existaient là-bas et que personne ne semblait leur accorder une grande importance, mais avec le temps, ils les auraient aussi à Abilene et ils ne les devraient à personne, car ils les auraient créés avec le effort de leurs muscles et avec la sueur de leurs fronts.

Peut-être que cette affection pour la terre mère était le produit de tant d'années à parcourir les routes en contact permanent avec la nature et cela l'avait amené à s'identifier à elle et à l'aimer, malgré le fait qu'elle n'était pas toujours gentille et généreuse avec les êtres humains. .

Lui, qui avait traversé tant de paysages divers, savait qu'il y avait de bonnes et de mauvaises terres, que certaines offraient de la chaleur et de l'eau aux oreilles et d'autres du givre et de la grêle pour les roussir ; que, dans certains endroits, le soleil mettait des fleurs dans les champs et dans d'autres, des blizzards et de la glace qui agrippaient les corps au moindre évanouissement, mais dans l'équilibre final, la terre mère était cela : la mère de l'humanité, car elle contribuait à leur soutien et tout consistait à savoir choisir et savoir le travailler.

Il marchait hébété dans la rue principale, lorsqu'une main lourde et rugueuse se posa sur son épaule et qu'une voix dont le timbre lui était familier s'écria :

Cloches de l'Enfer, Oiseau... ! Vous dans ces terres ?

Victor se retourna pour reconnaître celui qui l'avait ainsi salué. Il s'est avéré qu'il s'agissait d'un caravanier qui avait parcouru plusieurs routes avec lui avant de quitter les caravanes. C'était un gars qui avait déjà plus de trente-cinq ans. Il était grand, fort, avec une expression déterminée, un visage très bronzé et une silhouette assez acceptable selon les goûts des femmes.

Il portait une chemise à carreaux, un gilet en daim, un pantalon en jean et des bottes mi-mollet surmontées aux talons de longs éperons tranchés. Son chapeau était un cow-boy, très grand avec une couronne, de larges bords, et avec deux bosses étudiées sur le devant de la couronne.

Victor se souvenait de lui comme d'un pion coriace et résistant, il avait toujours bien supporté les aspérités de la route, bien qu'il ait toujours été un homme un peu étrange, très sensible à se lancer dans des bagarres et des bagarres pour des raisons parfois sans importance.

Victor, souriant, répondit :

"Bonjour Adam. Je ne comptais pas non plus te croiser sous ces latitudes.

« En effet, il semble que des villes comme celles-ci ne soient pas les endroits les plus fréquentés pour nous, du moins jusqu'à récemment, mais la roue de la vie tourne plusieurs fois et parfois, nous place là où nous pouvions le moins imaginer que nous pourrions être.

« Mais vous, qui avez toujours été un vieux loup des routes, semblez les avoir abandonnés, n'est-ce pas ?

« En effet, Adam, je les ai abandonnés parce que je me sens vieux et cela demande de la force et de la jeunesse. J'ai quelques milliers de kilomètres sur les côtes et je pense qu'il était temps pour moi de prendre le relais.

« Pour vivre de vos revenus, alors ?

« Mes revenus ? Ne te moque pas, Adam. Tu sais bien que les loyers d'un caravanier disparaissent quand tu finis une route et que tu dois vivre du produit jusqu'à ce que tu puisses en entreprendre une autre. Mes revenus ont toujours été pauvres.

"Puis...

« Je suis devenu un colon. Il est temps pour moi de reposer mes jambes et mes côtes et de profiter au maximum des jours qui restent dans ma vie. Et qu'est-ce que tu fais? Avez-vous aussi abandonné les caravanes ?

« En effet, Oiseau. Je les ai abandonnés parce que, comme vous, je me sentais fatigué de parcourir des terres inhospitalières et d'exposer ma vie en luttant contre les éléments et les Indiens. On est encore jeune et il faut faire vivre un jus que des paysages ouverts sans autres charmes que guider les chariots, n'offrent pas.

« Je suis au service d'un éleveur de bétail qui fait beaucoup de trafic de bétail et bien qu'il y ait aussi une certaine fatigue à conduire, il y a beaucoup de temps de repos pour visiter des villes comme celle-ci et s'amuser quelques jours, sachant que le salaire court tous les jours. mois et n'attendez pas l'émergence de nouveaux employeurs.

«Mais… nous parlons à sec et ce n'est pas juste. Nous devons fêter notre rencontre et je vous invite à un whisky ou deux, tout ce que vous voulez boire.

"Merci, et je l'accepterai pour ne pas vous snober, mais je vous dirai que cela fait plus de deux ans qu'une goutte d'alcool est entrée dans ma gorge.

"Les cloches des enfers! ... Est-ce possible?

« Comme je vous le dis !

« A-t-il cessé de boire ? Vous aviez un bon estomac pour l'assimiler.

« C'est vrai, et je vais vous dire qu'au début ça me manquait beaucoup, mais on s'habitue à tout. Là où j'ai passé ces deux dernières années, il n'y avait que de l'eau de rivière et il fallait s'y habituer.

"Eh bien, tu me le diras. Je suis curieux de savoir ce qu'il a fait puisque nous ne nous sommes pas vus il y a quatre ans.

Adam le conduisit dans une taverne voisine, où il commanda deux verres de whisky et, assis à une table, ils reprirent leur conversation.

"Ma vie manque de soulagement", affirmait Victor. Par contre, la vôtre, aussi agitée et dure que vous l'étiez, je suppose qu'elle sera plus intéressante que la mienne.

"N'y croyez pas. J'ai quitté les caravanes il y a trois ans, après avoir attrapé une pneumonie qui m'a presque conduit en enfer et puis j'ai décidé d'abandonner les routes.

« J'ai travaillé comme ouvrier dans une ferme, plus tard dans un ranch et plus tard, grâce à un ami, je suis devenu membre de l'équipe d'un marchand de bétail, qui achète et vend de nombreux bovins tout au long de l'année.

«Ça travaille dur plusieurs fois, mais ça paie bien et il y a toujours des lacunes pour s'amuser et compenser le travail.

« Donc, votre revenu...

« Mes revenus vont au whisky et à quelques bonnes filles avec qui je passe habituellement du temps dans les tripots, mais je m'amuse, ce que je ne faisais pas avant.

Et puisque c'est ma vie depuis que nous ne nous sommes pas vus, dis-moi maintenant la tienne, qui devrait être plus intéressante.

« Intéressant d'être écouté, peut-être, mais pour en faire l'expérience, cela n'aurait pas pu être plus difficile, mais avec l'espoir qu'il ne faudra pas longtemps pour recevoir une compensation.

Bird lui raconta comment il avait rejoint une caravane d'exilés et comment ils s'étaient installés sur les rives de Smoky Hill, où ils décidèrent de s'installer et de construire une ville avec les pauvres moyens qui leur restaient.

Víctor a raconté les vicissitudes subies jusqu'à ce qu'il puisse assurer à moitié son existence avec le produit des récoltes et étant donné l'imminence de l'inauguration de l'"Union Pacific", ils auraient des moyens de transport sûrs pour placer leurs récoltes et pouvoir acquérir ce dont ils avaient besoin et ne possédaient pas encore. .

Adam, en l'écoutant, avait demandé deux nouveaux verres de whisky, et Bird encouragé par la boisson à laquelle il n'était plus habitué, finit par expliquer à son ancien compagnon de fatigue tous les projets des colons et la raison qui l'avait conduit lui à la ville.

Adam, qui avait écouté attentivement et sans interrompre, s'écria :

« Ils possèdent donc une ville avec une centaine de voisins et, en plus, une belle étendue de prairie ?

« Nous le sommes pratiquement, car nous travaillons la terre depuis deux ans. Maintenant, je suis venu précisément pour vérifier l'enregistrement de nos parcelles et la part de pâturage libre. Nous pensons, dès que les circonstances nous le permettront, élever ensemble un ranch, acquérir du bétail de ceux qui viennent par milliers de la partie du Texas et fonder une sorte de marché aux viandes, couvrant les villes les plus proches à plusieurs kilomètres à la ronde. .

« Belle affaire, d'après ce que je vois.

— Peut-être, mais pas si tôt, Adam. Gardez à l'esprit que nous sommes très limités sur les moyens et que tant que nous n'aurons pas trouvé un moyen de vendre nos récoltes, nous n'aurons pas d'argent pour commencer. Avant, nous devons nous fournir beaucoup de choses nécessaires qui nous manquent, mais nous sommes durs et forts et tout viendra.

« Cette histoire d'enregistrement sera très compliquée. Être une centaine de propriétaires.

"N'y croyez pas. J'apporte un plan parfait des parcelles, leur emplacement et leurs dimensions et les autorisations de tous pour faire l'inscription en leur nom. Quant à la prairie, elle sera inscrite comme propriété communale et il n'y aura aucun inconvénient . En revanche, vous savez que, dans le cas de terres lointaines, sans propriétaire ni symptômes de colonisation, l'Etat fournit toutes sortes de facilités. La question est que la terre mère est travaillée, qu'elle produit et qu'elle profite à tous .

« Eh bien, Bird, tu ne sais pas à quel point je célèbre ta chance… Tu me diras où se trouve cette ville, au cas où j'aurais un jour l'occasion d'aller te saluer ? Comme je voyage beaucoup dans ces endroits avec du bétail, peut-être que je passe une journée à proximité et en profite pour y jeter un œil, pour voir comment il se porte.

« Je ne pense pas qu'il vous sera difficile de le trouver. Suivez simplement le cours de Smoky Hill. C'est à environ vingt milles au-dessous d'une ville appelée Victoria, où le chemin de fer est déjà en construction.

« Je garderai cela à l'esprit au cas où je pourrais vous rendre visite. Et maintenant, dis-moi ce que tu as l'intention de faire ce soir.

— Rien, Adam. Comme je ne peux enregistrer tous ces papiers que demain, je vais me coucher tôt.

« Tôt, quand Dieu sait jusqu'à quelle autre époque il ne pourra pas vivre parmi les gens civilisés ?

« Vous ne penserez pas que je suis comme vous qui êtes en âge de faire la fête avec style.

« Bien sûr que non, mais il ne va pas non plus devenir un fin gourmet. Pourquoi n'acceptes-tu pas qu'on dîne ensemble ? Nous avons bu beaucoup de mauvaises boissons sur les routes, nous avons couru des dangers communs et nous ne nous sommes pas vus depuis longtemps. Au cas où nous tarderions à nous revoir ou que nous ne nous reverrions pas, il est juste que nous passions du temps en agréable compagnie et que nous nous souvenions du passé. J'espère que vous ne me méprisez pas.

Bien que ce que Victor ait voulu c'était se reposer le plus possible de la panne du voyage, puisqu'il avait eu une autre journée aussi rude que celle qu'il avait subie en perspective, il n'a pas osé snober son ancien compagnon de caravane et a dit :

«Eh bien, Adam, parce que je suis toi, je vais faire un effort, mais je t'assure que mon endurance n'est plus ce qu'elle était, et que maintenant mes os souffrent plus facilement et demandent du repos de ma part. Je t'accompagnerai à dîner, mais je me retirerai bientôt. Demain après vérification de l'inscription, je dois beaucoup me déplacer pour acquérir une infinité de choses que mes collègues m'ont demandées et commencer immédiatement le chemin de la commune. Il y a cent milles de wagon qui quand l'habitude de les rouler s'est perdue, ils pèsent beaucoup.

« D'accord. Où habitez-vous ?

« Dans une auberge très modeste, Adam. Vous devez être serré avec l'argent jusqu'à ce que la situation change. L'auberge s'appelle "Los Tres Sauces", et c'est dans une place que précisément parce qu'elle a trois saules, lui donne son nom.

"Je sais où c'est. À neuf heures et demie, je te chercherai dedans. Maintenant j'ai quelque chose à faire, mais à ce moment-là je serai libre.

"Très bien. A neuf heures et demie je t'attendrai là-bas.

Ils ont dit au revoir avec une forte poignée de main et se sont levés. Victor semblait un peu étourdi par le manque d'habitude de boire, mais il estimait qu'avec l'air du milieu de l'après-midi, il se réveillerait et qu'à l'heure du dîner il serait de nouveau clair.

Et abandonnant Adam, qui disparut sur la route, il se mit à marcher d'un pas chancelant, respirant avec avidité l'air sec et tranchant qui soufflait à ce moment-là.

Il devrait faire attention à boire peu pendant le dîner, pour éviter d'autres vertiges.

CHAPITRE III

L'EXPLOIT D'UN MAL

A neuf heures et demie, Adam se présente à l'auberge où Victor l'attend à la porte.

L'auberge, comme l'avait dit l'ancien caravanier, était installée sur une place pas très grande, avec peu de mouvement, et pour sortir dans une rue plus centrale et animée, il fallait traverser une ruelle étroite, sale et mal éclairée qui reliait le rue avec la place. Adam, souriant, prit Victor par le bras et le tira en disant :

« Nous allons dîner dans un restaurant très typique, où l'on sert une très bonne cuisine. Je le recommande pour quand vous devez revenir ici.

« Qui sait, quand le ferai-je et si je reviendrai. C'est une journée très dure à faire souvent et si le chemin de fer est inauguré bientôt, il est préférable d'aller à Victoria et d'y prendre le train. Le progrès est imposé et celui des wagons roulant sur des kilomètres et des kilomètres sur des chemins difficiles et dangereux, entrera dans l'histoire avant longtemps. Un jour, ceux d'entre nous qui étions caravaniers auront des images pittoresques pour illustrer les contes et les histoires de nos descendants.

Adam l'a conduit à travers diverses rues que Bird n'était pas familières, jusqu'à ce qu'il s'arrête devant un restaurant modeste dans une rue isolée et étroite. C'était un établissement de taille normale, où un maximum de deux douzaines de personnes pouvaient manger en même temps.

Ils prirent une table dans un coin et Adam choisit un large menu à base de bosse de bison rôti, omelette aux haricots, pommes de terre pour agrémenter la bosse et tarte aux pommes. Il commanda également deux bouteilles de vin californien, très apprécié sous ces latitudes.

Pendant qu'ils dînaient, la conversation devint animée. Tous deux ont rappelé des étapes de leur vie de caravaniers pleines d'anxiété, et Bird, encouragé par le vin californien avec lequel il a versé le dîner, est revenu sur le thème de sa nouvelle vie de colon, donnant des cheveux et des signes de tout ce qu'ils avaient fait et de ce qu'ils espéraient contourner pas longtemps.

Après le dîner qui dura jusqu'à onze heures passées, Adam commanda du café et deux verres de rhum et lorsqu'ils quittèrent le restaurant à onze heures trente, Bird sentit son estomac plus lourd que s'il l'avait rempli de cailloux et quant à sa tête, c'était un petit tourbillon dû à l'alcool ingéré.

Victor avait voulu payer au moins pour le café et le rhum, mais Adam s'y était fortement opposé en disant :

"Pas question. J'ai invité et plus de discussion. Je veux que vous ayez un bon souvenir de cette réunion à nous, au cas où nous ne nous verrions plus.

"Qui sait. Le monde tourne beaucoup et vous l'avez déjà vu; quand nous nous en doutions le moins, nous nous sommes revus.

« Vous avez raison, mais l'histoire ne se répète pas toujours.

Adam, le prenant par le bras, puisque Victor semblait hésiter un peu, demanda :

« Que faisons-nous maintenant ? Nous pourrions aller nous promener et visiter un de ces endroits où les bonnes filles se produisent. Nous passerions une soirée complète.

« Merci, mon garçon, mais ce temps passé avec de bonnes filles est passé pour moi. Je me couche parce que je dois me lever tôt pour aller au greffe et ensuite visiter les magasins. Il me reste beaucoup de devoirs avant de me revoir en ville.

« Eh bien, si tel est votre objectif ferme, je ne veux pas vous contrarier. Je vais l'accompagner à l'auberge et ensuite je verrai où je finis par faire la digestion.

Toujours accrochés à son bras, ils continuèrent leur chemin vers l'auberge. Il était près de midi et la circulation dans les rues était presque nulle. Ceux qui ne s'étaient pas retirés pour se reposer étaient enfermés dans des tavernes et des tripots.

Ils atteignirent enfin l'allée qui menait à la place. Pas une âme n'y passait et il faisait presque nuit.

Adam relâcha le bras de Victor en disant :

« Attention à ne pas trébucher et tomber ! Montez jusqu'aux murs, ce qui est la chose la plus sûre à faire.

Bird, qui semblait étourdi, suivit le conseil, et s'appuyant d'un côté contre les murs, continua à marcher tandis qu'Adam, presque à côté de lui, mais un peu en retrait, le suivait.

Jusqu'à ce que tout à coup, l'ancien caravanier ressente une douleur vive et terrible dans le dos. La douleur le força à ouvrir la bouche pour crier, mais il n'en eut pas le temps, et comme frappé par la foudre, il tomba de côté à côté d'une porte sombre.

Adam tira froidement sur le manche du couteau qu'il avait vicieusement enfoncé dans le dos de son ancien partenaire et se pencha rapidement sur lui, fouillant ses poches.

Il s'empara avec empressement de tout ce qu'ils contenaient et d'un pas rapide il quitta la ruelle, se dirigeant vers la rue immédiate, pour se perdre dans d'autres rues de l'autre côté.

Lorsqu'il fut en sécurité, il attrapa la lumière d'une lampe suspendue à une porte et examina avidement tout ce qui avait été volé. Il y avait le plan de la ville, sa situation géographique, les parcelles de chaque colon et les documents signés par tous. Il avait également saisi huit cents dollars qui avaient été remis à Victor pour faire des achats.

Le plan qui avait été tracé depuis qu'il avait rencontré Bird et qu'il l'avait imprudemment informé de la mission qui l'avait conduit à Hutchinson, s'était déroulé comme il l'avait conçu et il ne lui restait plus qu'à voir si le coup de couteau infligé à l'ancien caravanier avait été à succès. aussi mortel qu'il l'avait essayé. S'il était retrouvé mort, il n'aurait rien à craindre et la dernière partie de son audacieux projet pourrait être mise en pratique en toute sécurité. Il enregistrerait tous les terrains à son nom, y compris les parcelles et les prés, et alors il était sûr de trouver la personne qui lui achèterait pour un montant qu'il avait fixé, le cadastre.

Lorsqu'il aurait l'argent en sa possession, il disparaîtrait à jamais de ces latitudes et l'acheteur traiterait avec les colons au moment de prendre possession de la prairie et exigerait le paiement des baux ou les obligerait à les acheter alors qu'ils étaient les leurs.

Le misérable Adam se retira dans l'auberge où il séjournait, mais ne dormit pas de la nuit. Maintenant, il ressentait le doute angoissant de ne pas savoir s'il avait abattu Bird, lui fermant la bouche pour toujours, ou si, malgré sa chute spectaculaire, la blessure n'avait pas été aussi mortelle que ses plans l'exigeaient ; Ce doute angoissant l'obligeait à se lever tôt et à se jeter à la rue sans but.

Une curiosité morbide le poussa à s'approcher de la ruelle où il avait l'air craintif, mais il put voir que le corps ensanglanté de l'ancien caravanier n'était plus là. Quelqu'un a dû le découvrir mort ou blessé, le retirant de la circulation.

Complètement nerveux, il se promena jusqu'au milieu de l'après-midi lorsque le journal de la ville fut mis en vente, et fiévreusement, il en acheta un exemplaire, se retirant là où personne ne le verrait pour chercher des nouvelles qui éclaireraient sa situation.

Jusqu'à ce qu'à la dernière page, il trouve un tract qui disait :

CRIME MYSTERIEUX

Ce matin, dans une ruelle qui mène à la Plaza de los Sauces, deux passants qui y circulaient ont découvert le corps d'un homme à moitié saigné, qui gisait face contre terre.

Il avait une énorme blessure au dos, produite par un couteau, bien que cela n'ait pas été trouvé près du blessé. Ils ont dû le poignarder par surprise, peut-être pour le voler, car aucun argent ni aucun document n'a été trouvé dans ses vêtements pour identifier l'homme agressé.

Il a été transporté à l'hôpital dans un état désespéré et au milieu de la journée, lorsque nous avons visité l'hôpital et discuté avec les médecins, ils ne cachent pas leur pessimisme. Ils n'ont pas beaucoup d'espoir de pouvoir lui sauver la vie et encore moins qu'il puisse déclarer quelque chose qui clarifie le mystère. Même dans le cas improbable où votre vie serait sauvée, il faudra plusieurs jours avant que vous ne soyez en mesure de témoigner.

Nous condamnons sévèrement un crime aussi répugnant, et nous exhortons une nouvelle fois les autorités à redoubler de vigilance afin d'éviter de tels événements blâmables, des événements qui ont tendance à se produire trop fréquemment et qui discréditent la bonne réputation de la ville.

Adam respirait facilement après avoir lu les nouvelles. Que Bird soit mort ou sauvé, pour le moment il a été assommé pour contrecarrer ses plans et le mettre en danger. Il pouvait tranquillement tenter l'arpentage et disparaître de là pour parler à quiconque, il en était sûr, accepterait de discuter de l'achat de ce disque.

Une fois l'opération réalisée et l'argent reçu, il disparaîtrait de cette zone et l'acheteur traiterait avec les colons. Légalement, il serait propriétaire du terrain et personne ne pourrait compliquer le sort de l'ancien caravanier.

Le lendemain, on lui présenta au greffe le plan de la ville et des parcelles.

Il s'était présenté très bien habillé, comme s'il était en réalité un homme aisé, et après avoir joué quelques plaisanteries avec le greffier pour gagner sa sympathie, il a expliqué l'opération à sa manière.

Il avait découvert cette terre en en prenant possession et avait traité avec des caravanes pour leur louer une partie de la petite vallée, ce qu'elles avaient accepté. Ils s'y étaient installés, ils s'étaient partagé la terre comme le montrait le plan qu'il présentait et le reste qu'il allait utiliser pour construire un petit ranch et élever du bétail.

Le greffier ne semblait pas très intéressé par les explications d'Adam. Sa mission était de prendre connaissance du lieu, d'admettre le plan avec les indications approximatives de l'emplacement, et même le nom qui avait été donné à la ville. Le reste appartenait à la personne qui a enregistré la propriété.

Et comme il y avait de nombreux dossiers qui ont été vérifiés sur les colis que le gouvernement a donnés gratuitement aux colons, l'affaire n'a pas présenté de complications pour les procédures. Plus tard, si les inspecteurs voulaient faire une visite pour vérifier si effectivement le terrain immatriculé était en exploitation, c'était leur mission.

Avec tous les papiers vérifiés, les frais d'inscription payés, qui étaient modestes, et les pièces justificatives en poche, Adam a rapidement disparu de Hutchinson. Il n'était là que de passage, et sa destination, bien que pas très éloignée, en était une tout autre.

Adam avait raconté à Victor quelque chose sur sa vie actuelle, mais il avait réservé la plus intéressante. S'il l'avait déclaré, l'ancien caravanier l'aurait jeté de son côté comme un indésirable.

Il était vrai qu'il travaillait pour un marchand de bétail, mais pas un marchand avec qui il pût traiter décemment. Il s'appelait Ludwing Swan et ne s'occupait que des voleurs de bétail, leur achetant le produit de leur pillage à bas prix, puis le plaçant du mieux qu'il pouvait, avec un profit qui dépassait de loin ce qu'un commerce légal lui aurait rapporté.

Le plus gros inconvénient et le plus dangereux qui le tourmentait était qu'il lui manquait un endroit sûr où il pourrait rassembler le bétail et le camoufler jusqu'à ce qu'il puisse être relâché.

C'était un problème qui le rendait fou, car il était obligé de chercher des endroits complexes, loin d'une inspection facile, pour stocker le bétail, toujours exposé à être découvert à un moment donné.

Adam, qui ne l'ignorait pas, était sûr qu'il pourrait traiter avec Swan de l'achat de cette terre idéale, puisqu'en tant que propriétaire absolu de la terre, il pouvait imposer le paiement d'un loyer aux colons, ou leur vendre leur parcelles et aussi, il pouvait élever un ranch empirique dans la parcelle de prairie, y rassembler autant de bétail qu'il en avait acquis sous son statut de trafiquant et être protégé de tant de dangers, puisque l'endroit, selon Victor lui avait dit, était isolé et il n'était facile pour personne d'entrer nez à nez dans les affaires.

Adam est allé dans une ville appelée Sterling, où se trouvait maintenant Swan. Il venait de vendre deux cents bovins qui lui causaient de nombreux maux de tête, tant ils les cherchaient et il voulait se reposer avant d'entrer dans de nouvelles complications.

Swan avait déchaîné la demi-douzaine d'hommes à son service. Ils étaient tous plus ou moins de la condition morale d'Adam, puisqu'ils connaissaient tous le genre d'affaire que faisait leur employeur.

Swan, qui ne s'attendait pas à voir Adam si tôt, le salua en disant :

« Comment diable êtes-vous ici, maintenant, si vous n'êtes parti que quatre jours ? Il n'y a rien pour l'instant.

"Je peux imaginer.

« Alors quoi de neuf ? Est-ce que tu as déjà fini l'argent et que tu viens en demander plus sur acompte ? C'est trop tôt pour ça.

« Non, ne vous inquiétez pas, je n'ai besoin d'aucun prêt. J'ai assez d'argent pour pouvoir attendre le plus longtemps possible.

« Alors, tu viens pour quoi ?

"Pour traiter avec vous pour affaires.

« De nouveaux conseils sur le bétail ? Non, pas pour l'instant. Je veux laisser les shérifs se lasser de chercher et je n'achèterai pas un seul cor pendant au moins un mois.

« Il s'agit de quelque chose de plus important que tout cela, Swan, et j'espère que vous m'écouterez et réfléchirez un peu à la proposition que je suis venu vous faire. Je vous en parle avant tout le monde, car c'est un devoir de le faire, puisque vous m'avez aidé à avancer, mais si vous n'êtes pas vraiment intéressé, il n'y aura rien de perdu, car ce que je suis venu vous offrir vous et au prix que je vais vous le donner, j'ai des dizaines de gars prêts à l'acheter.

« Hmm... ! Depuis quand avez-vous quelque chose à vendre qui est votre propriété ?

"Depuis deux jours.

"Eh bien, voyons ce que c'est, puisque vous m'assurez que cela m'intéresse tellement, et voyons comment justifier votre propriété.

"Cela est justifié par des documents que personne ne peut contester.

« Eh bien, allez-y ; parle.

« Vous avez un énorme problème en tête, celui de pouvoir disposer d'un endroit approprié pour récupérer les paquets que vous achetez sans que personne ne puisse les fouiner et vous donner la tranquillité d'esprit nécessaire pour pouvoir attendre les occasions les plus productives, vendre le bétail.

"Eh bien, je viens vous offrir cet endroit et pas seulement cela, mais toute une petite ville, avec une centaine de colons installés, sans avoir le droit acquis de se considérer comme les propriétaires, puisqu'ils n'ont pas pris la peine d'enregistrer la propriété en temps dû.

« Je vous propose cette ville avec ses cent parcelles dont vous pouvez exiger un revenu locatif, ou l'achat si vous préférez, et, en plus, un grand terrain près de la ville, où vous pouvez construire un ranch qui sert de couverture. pour votre entreprise. C'est un endroit magnifique, au bord d'une rivière et à l'écart de toutes les routes connues. Il a l'avantage que, sous peu, lorsque le chemin de fer ouvrira, vous l'aurez à vingt milles de distance, ce qui facilitera le mouvement du bétail et en faisant les choses comme le Diable vous l'ordonne, vous passerez aux yeux de tous pour un honnête commerçant en bétail, car celui que vous êtes établi précisément à côté d'une ville occupée par une centaine de colons vous protégera.

"Une belle vue", répondit Swan, intrigué par les paroles d'Adam. Où se situe ce paradis que vous m'offrez ?

« Je n'ai aucun problème à vous le dire, car il est si sûr entre mes mains que personne ne peut me le prendre. La ville porte déjà un nom, Abilene, et est nichée sur les rives de Smoky Hill, à une vingtaine de kilomètres de Victoria, qui est l'endroit le plus proche où circulera l'"Union Pacific". Le vallon est pris en sandwich entre deux dépressions du terrain, qui le protègent et coupent les voies communes ; c'est-à-dire qu'il n'est pas un lieu de transit s'il n'est pas recherché.

« Et pour vous convaincre, voici une carte de la vallée, la place occupée par la commune, où se situent les parcelles, avec les noms des colons et le morceau de prairie où vous pouvez construire le ranch et mettre le bétail à l'abri. de regards. indiscret. Pour les colons, vous serez le propriétaire absolu de la vallée et un éleveur décent qui fait le commerce du bétail.

Swan examina attentivement les plans et dit ensuite :

« Pas mal. Maintenant, vous allez m'expliquer le reste.

« Le reste, qu'est-ce que c'est ?

«Comment cela est-il arrivé entre vos mains et comment pouvez-vous prouver qu'il vous appartient et que vous pouvez le vendre.

«Comment c'est arrivé entre mes mains, c'est quelque chose qui ne m'intéresse pas. Lorsque vous achetez du bétail à des voleurs de bétail, vous ne leur demandez pas d'où ils viennent ; Vous les achetez car ils vous intéressent et le reste ne compte pas. Quand vous les vendez, ceux qui les achètent savent qu'ils ne sont pas acquis honnêtement, mais comme ils gagnent à l'achat, ils les acquièrent sans se poser plus de questions et c'est mon cas.

« Quant à mon droit de l'offrir à quelqu'un, il est ici très clair. Il s'agit du registre foncier avec tout ce qu'il contient et vous connaissez assez bien les registres pour savoir qu'il est légal et que personne ne peut le contester.

Swan, de plus en plus intrigué, étudia les documents et fut convaincu de leur légalité, dit-il ;

« Pourquoi ne l'exploitez-vous pas ?

"Pour deux raisons. L'une, parce que j'aurais besoin d'argent que je n'aurais pas à m'installer là-bas ; et l'autre, parce que... il vaut mieux qu'une fois vendu, il disparaisse. Il est possible que quelqu'un ne soit pas d'accord pour être requis payer un loyer de ce qu'ils croient être le leur et essayer de prendre des dispositions pour clarifier pourquoi le terrain est enregistré à mon nom. Je serais pressé de donner des explications et cela ne me convient pas. Mais légalement vendu et étant vous un acheteur , pas celui qui a enregistré la propriété, personne ne peut vous demander des comptes.Vous l'avez légalement acheté à celui qui a présenté des documents légaux pour la vendre et vous n'en savez pas plus.

« En effet, cette approbation vous protégerait de ces explications que vous ne pourriez apparemment pas donner. Le responsable du greffe serait vous et je n'aurais rien à savoir de lui, puisque, lors de l'achat du terrain, je le ferais avec des documents irréfutables à vue, mais vous ne me nierez pas que, pour le moment, je serait très assiégé de donner à mon temps des explications sur comment je l'ai acquis et à qui.

"Pour qui est clair, puisque mon nom est sur le document d'enregistrement. En disant que je vous l'ai offert, vous l'avez étudié, il vous a semblé bon et vous l'avez acquis, affaire conclue. Vous n'aviez pas besoin de savoir comment cela m'était venu.

« Plus tard, s'ils sont intéressés, laissez-les me chercher. Je vais disparaître d'ici en marchant très loin, et les faits accomplis sont ceux qui comptent.

"En effet, mais pensez qu'au moins jusqu'à ce que la marée se calme et que ces gens-là doivent se résigner à savoir que les propriétaires des parcelles ne sont pas eux mais moi, ils vont me tenir en échec et je ne pourrai pas consacrer moi-même avec tranquillité à mes affaires.

« Cela peut durer un mois ou au plus deux. Lorsque tous leurs efforts seront épuisés et qu'ils seront convaincus que rien n'a de solution pour eux, ils devront se résigner et être d'accord avec vous. Vous pouvez être magnanime avec eux, affirmer que vous avez acheté de bonne foi, que vous ne savez rien de l'arrière-plan de l'affaire et que vous êtes prêt à les laisser poursuivre leurs intrigues. Ils finiront par vous remercier de votre conduite et tout rentrera dans le calme le plus complet. Ce que vous perdez à gagner dans une entreprise pendant cette période, vous le compenserez avec les loyers que vous percevez des parcelles ou de la vente de celles-ci si cela vous convient. Ne commencez pas à mettre des chinois sur la piste car le chemin est très clair.

« Eh bien, c'est possible, mais je vais devoir l'étudier. Que demandez-vous pour le transfert de ces droits ?

"Dix mille dollars.

« Cela ne semble-t-il pas beaucoup d'argent pour les complications que l'achat peut apporter ?

« Les complications sont minimes, le profit est très rentable et si en réalité cela ne m'était pas parvenu par un chemin légèrement tortueux et que j'aurais été le véritable découvreur du terrain, je ne le vendrais pas deux fois. Je dois perdre et gagner, précisément parce que le seul qui ne pourrait pas exploiter cela sans difficulté serait moi.

« Dix mille dollars c'est de la merde pour ce que ça vaut et si ça ne te convient pas, tu le laisses et je chercherai un autre acheteur, mais je te préviens de ne pas penser à réduire un seul dollar, car je ne l'admettrai pas. J'ai mis dans mes comptes et c'est l'argent dont j'ai besoin.

"C'est bon, Adam. J'aimerais savoir comment vous avez géré cette partie de poker avec tous les as en votre faveur.

« Je répète que c'est mon truc. Vous étudiez si vous l'acceptez ou non et je vous laisse jusqu'à demain à cette heure pour répondre.

« Je vais l'étudier et demain nous nous reverrons. La chose n'est toujours pas très claire et je dois peser le pour et le contre.

Swan a pris ces vingt-quatre heures pour étudier la proposition à fond. Le fait qu'Adam n'ait pas voulu donner de détails sur la manière dont il s'était emparé de ces plans et comment il avait pu fouiller le terrain en son nom, avait laissé penser que les procédures utilisées n'avaient pas été très orthodoxes. Peut-être que quelqu'un qui allait vérifier le registre avait payé de sa vie les conséquences d'une confidentialité de cette nature et alors, il était compréhensible que ceux qui avaient confié à leur représentant la mission ratée de vérification du registre, prennent toutes sortes de mesures pour mettre en œuvre effacer le pillage. Mais cela ne l'a finalement pas affecté. S'il a acquis légalement la vallée devant un notaire et que la feuille d'enregistrement qui accréditait Adam comme propriétaire légal était jointe à l'acte, de le chercher et de lui demander un compte rendu de sa performance. Il en sortirait libre de tout soupçon, puisqu'il achèterait « de bonne foi » ce qu'on lui proposait avec des documents fiables.

Et comprenant que l'affaire était magnifique, il accepta. Il savait qu'il aurait à livrer de nombreuses batailles dialectiques avec les colons jusqu'à ce qu'il les réduise à la réalité de la situation et que le reste lui importait peu.

Quand tout se serait calmé, il construirait le ranch et c'est là que les ballots acquis trouveraient un refuge légal, chose qu'il était jusqu'alors impossible d'obtenir.

Quelle heure l'apporterait plus tard, il verrait comment il s'en sortirait.

CHAPITRE IV

UNE ABSENCE D'ENQUÊTE

En l'absence de Victor, qui était l'homme fort de la ville, qui résolvait les petits conflits et était toujours prêt à aider qui en avait besoin, l'un des deux colons nommés avec Bird lui avait été substitué pour régler toute controverse qui pourrait surgir entre les sédentaires. C'était Leslie Simpson, un solide fermier d'une trentaine d'années, dur pour le travail, vif d'esprit pour résoudre des "problèmes" qui se posaient parfois et que d'autres, moins instruits, ne savaient pas résoudre et un homme dynamique et sympathique, que tous appréciaient pour ses excellentes conditions humaines.

Leslie serait resté dans le Kentucky où il n'allait pas mal du tout, si Valentine Marqueand, un autre colon moins chanceux que lui, n'avait décidé d'entreprendre l'aventure de la recherche de terres inconnues, dans une volonté logique de surmonter une vie misérable qui avait traîne depuis un certain temps. conditions météorologiques.

Que Valentin ait personnellement décidé qu'une telle chose n'aurait pas eu beaucoup d'importance pour Leslie, mais il se trouve que, lorsque Valentin est parti, il a emmené sa fille Margaret avec lui, et cela a eu de l'importance pour Leslie, car il était amoureux de la fille. et son but était de l'épouser lorsque les circonstances le permettraient.

Margaret aimait le colon, mais elle ne pouvait pas permettre à son père de vivre l'aventure seul. C'était la seule chose que le vieux colon possédait au monde et il était de son devoir de veiller sur lui.

Leslie avait proposé au père de Margaret de l'emmener dans son petit domaine lorsqu'il épousait sa fille, mais Valentin avait la fierté de savoir qu'il pouvait encore se débrouiller tout seul. Il voulait plus que la misère dont il jouissait, pas pour lui-même mais pour sa fille.

Le raisonnement de Leslie pour le convaincre d'accepter son offre était inutile. Le vieil homme têtu le rejeta en disant :

"Très heureux que ma fille vous épouse et reste à vos côtés, je sais que vous vous aimez vraiment et qu'elle sera heureuse avec vous, donc, vous pouvez le faire et je vais lancer l'aventure pour voir ce que j'obtiens. Il m'est venu à l'esprit que vers l'ouest du Kansas, je peux trouver un coin productif pour mettre fin à mes jours, ce que je n'ai pas réussi ici, et je peux l'essayer moi-même.

Margaret, angoissée, luttait farouchement pour harmoniser le bien-être des trois. Il se voyait entre le marteau et l'enclume, entre deux amours différents, mais aussi profonds l'un que l'autre. Elle ne pouvait renoncer à l'affection de Leslie, mais son devoir de fille ne lui permettait pas non plus de laisser son père abandonné dans cette aventure dont personne ne savait comment finir.

La seule solution que le vieux colon trouva en fut une et il la proposa :

« Puisque ma fille ne veut pas m'abandonner et qu'il n'est pas juste qu'elle renonce à son bonheur futur, je vous propose quelque chose. Elle et moi sommes partis pour l'ouest du Kansas. Si je trouve quelque chose de bien mieux que ce que vous et moi avons, je vous conseillerai de vous en débarrasser et de venir vous installer avec nous. Vous pouvez vous y marier et nous vivrons tous mieux que nous n'avons vécu jusqu'à présent, car, bien que vous jouissiez d'une position un peu meilleure que la mienne, elle n'est pas si lumineuse qu'elle vous protège des soucis. Vous savez bien qu'une mauvaise récolte d'un an vous mettrait dans une situation pénible pendant de nombreuses saisons.

Et si j'échoue et que ce n'est pas mieux que ça, alors je promets de revenir ici et de renoncer à être autre chose que ce que je suis. Je prends un an pour essayer le test,

La solution était relativement acceptable, mais elle ne convenait pas non plus à Leslie. Il savait ce que cela signifiait pour un vieil homme, même s'il était encore fort, et pour une fille comme Margaret, l'inconnu de ce voyage à travers des terres qui offraient encore d'innombrables dangers et il ne pouvait pas la laisser à la merci de la force diminuée de son père. .

Et il a opté pour une solution intermédiaire. Il vendrait sa propriété, utiliserait tout l'argent qu'il pourrait gagner pour équiper un bon chariot et irait avec Valentin et sa fille au même sort. Quoi qu'il en soit, ce serait le sien, et qui savait si le vieil homme avait raison et à la fin ils trouveraient quelque chose de plus bénéfique pour tout le monde dans ces terres, encore presque vierges sur de nombreux kilomètres d'extension.

Margaret a été soulagée par la décision de son petit ami. De cette façon, ils ne se sépareraient pas et ne profiteraient pas des émotions de quelque chose qui lui était complètement inconnu, puisqu'elle n'avait jamais quitté les limites de l'endroit où elle était née.

Il vendit rapidement son terrain. Ce n'était pas un capital qu'on leur donnait, mais il suffisait d'affréter deux wagons, de les charger de nourriture et de quelques animaux domestiques tels que plusieurs poulets, une chèvre et un cochon et pouvoir entreprendre le voyage avec de grandes contraintes. Il leur restait encore de l'argent pour acheter des produits essentiels à l'avenir.

Leslie, qui n'était jamais apparu dans aucune caravane, était presque comme un expert des prairies, au point que le vieil Oiseau non seulement s'est beaucoup attaché à lui, mais lui a également confié de nombreuses missions essentielles pour mieux assurer le succès de la campagne. . entreprise.

Leslie avait gardé son cheval, un animal assez bon et dur ; Il y fit des découvertes devant la caravane, pour exploiter le terrain et s'assurer que la route n'offrait pas d'obstacles insurmontables.

Et c'est lui qui découvrit un après-midi un petit groupe d'Indiens qui, pris en embuscade au sommet d'une colline, suivaient attentivement la marche des charrettes, avec l'intention de leur tomber dessus lorsqu'ils camperaient et de s'emparer du butin.

Son regard perçant avait découvert certains reflets lumineux qui partaient du haut de la colline ; c'était comme si un enfant jouait avec un morceau de miroir placé au soleil, pour envoyer le faisceau lumineux à distance.

Lorsqu'il a informé Victor de la découverte, le caravanier a immédiatement traduit en réalité ce que signifiaient ces signes. Un espion indien communiquait avec d'autres compagnons cachés sous la colline, pour les informer de ce qu'il voyait.

Le caravanier n'a pas été dérangé, au contraire, serein et dur, il a continué à marcher devant les chariots jusqu'à ce qu'il trouve un endroit convenable pour camper. Il l'a fait à côté d'une banque qui les protégerait par derrière, tandis que les charrettes par ordre strict, formaient une roue compacte avec le bétail à l'intérieur, pour les protéger des flèches des Indiens, tandis que les hommes de la caravane prenaient position dans le chariots et même en dessous, des fusils à portée de main et des munitions à portée de main.

Ce fut une nuit nerveuse pour tout le monde, en particulier les femmes, qui n'étaient pas autorisées à occuper les wagons. Dans la brèche qui formait le cercle, ils déployèrent leurs sacs polochons et là ils passèrent la nuit à l'abri des imprévus qui pouvaient survenir.

Mais l'aube était proche et rien ne s'était passé. Certains émigrants ont commencé à remettre en question la menace des Indiens. Si c'était vrai, ils avaient eu le temps de les attaquer depuis que Leslie avait découvert les signes.

Mais Victor, sévèrement, indiqua :

« Lorsque vous passez une douzaine d'années à conduire des chariots à travers la prairie, vous apprendrez beaucoup de choses que vous ne savez pas. Ils ne nous ont pas attaqués parce que les Indiens ne le font qu'au crépuscule ou à l'aube, mais jamais dans l'obscurité totale à moins qu'ils ne soient bien sûrs du succès.

« Par conséquent, ne soyez pas trop confiant, car nous ne connaissons pas le nombre d'ennemis qui peuvent nous attaquer. Pensez au vôtre que vous ne pouvez que protéger et s'il y a besoin, brûlez-vous les mains avec le canon des fusils, mais n'arrêtez pas de tirer vicieusement.

Les avertissements de Victor n'avaient pas été ses fantasmes, alors que le jour commençait à peine, un cri impressionnant déchira le silence qui régnait dans la prairie et un chœur de cris gutturaux était l'écho du cri.

Des hautes herbes, comme des serpents s'élevant du sol, ont émergé jusqu'à deux douzaines d'Indiens peints, à moitié nus, avec des arcs très hauts ornés de plumes de différentes couleurs. Des haches tranchantes étaient portées autour de leur taille dans des ceintures en peau de buffle, et, dans leurs mains, des arcs grossiers et lourds, avec des flèches de rechange sur le dos dans des carquois tissés de lanières de lianes.

Une pluie de flèches s'abattit sur les wagons couverts, les clouant d'un balancement sinistre, mais les caravaniers, obéissant aux instructions du guide, firent fonctionner leurs fusils sans se donner une pause et un rideau de projectiles balaya tout le front occupé par les Indiens, qui tous courant ils ont essayé d'atteindre les voitures pour les emmener à l'assaut.

Les représailles des émigrés furent tragiques. Bien que tous n'étaient pas des tireurs d'élite qualifiés et d'autres n'ont pas réussi à garder leur pouls calme pour fixer la cible, comme le front de bataille était limité, les projectiles ont atteint mortellement la masse des sauvages et ils ont commencé à tomber, criblés de balles, sans leur donner le temps de tuer. atteindre les wagons.

La mortalité subie en quelques minutes les obligea à hésiter et à battre en retraite, sans cesser de tirer, tandis qu'une autre douzaine d'Indiens qui étaient restés à l'arrière. S'occupant peut-être des chevaux, ils vinrent au secours de leurs compagnons, mais comme ils comprirent bientôt que la tentative était inutile, puisque la caravane était nourrie et composée d'hommes coriaces, prêts à mourir en tuant, ils s'empressèrent de tirer les morts , les traînant dans l'herbe pour les monter sur les chevaux et s'échapper avec la charge sanglante.

Rarement un Indien laissait le corps d'un compagnon abandonné ; ils ont risqué leur vie pour sauver son cadavre et n'ont pas abandonné jusqu'à ce qu'ils l'aient fait.

Lorsque les derniers tombés eurent été ramassés, protégeant l'opération, ceux qui étaient encore debout, ils commencèrent à s'enfuir et Leslie, tiré par la bagarre, s'écria :

« Pour eux... ! Nous devons mettre fin à cette horde !

Enragé, il souleva une des charrettes pour faire place et sautant sur son cheval qui était à côté de lui, il se lança à la poursuite des fuyards, croyant que les autres caravanes qui avaient des montures l'imiteraient, mais Victor à grands cris ordonna que personne commettre une telle folie, car certains pourraient tomber dans une embuscade.

Mais l'avis pour Leslie était en retard. Ce dernier s'était lancé le premier après les Peaux-Rouges et les poursuivait à distance.

Mais quand il tourna la tête et vit que personne ne le suivait, il hésita et décida de battre en retraite.

Mais à ce moment-là, il découvrit un Indien qui, lorsque son cheval trébucha contre des pierres, l'avait jeté par la tête de loin, tandis que le petit cheval se levait et continuait sa course rapide.

L'Indien se précipita sur le sol à la recherche de l'arc qui lui avait échappé, mais Leslie, réalisant que le sauvage était une proie facile pour lui, leva son fusil et tira.

L'Indien se retourna plusieurs fois sur le sol et s'accroupit grotesquement. Leslie avança avec le cheval et, se rendant compte que le sauvage était mourant, sauta de sa monture, se jeta sur l'arc et les flèches, arracha la hache de sa taille et retourna rapidement au camp. Lorsque plusieurs colons, menés par Victor, avaient organisé une colonne de secours, craignant que le brave émigré n'ait été victime de leur élan. La joie de tous fut immense quand ils le virent reparaître portant ces trophées gagnés à si peu de frais.

Cependant, Victor s'est fâché contre lui en disant :

« Il a été imprudent et cela pourrait lui coûter ses cheveux. Les Indiens simulent généralement des retraites pour confier leurs ennemis et les attirer là où tous les avantages sont de leur côté.

Leslie s'est excusé.

« Je pensais que les autres me suivraient. Si je ne le savais pas, je n'aurais pas galopé après eux.

« Quand je m'en suis rendu compte et que j'étais sur le point de faire demi-tour, un sauvage est tombé de son cheval au sol. Alors j'ai décidé de lui tirer dessus et quand j'ai vu qu'il avait été mortellement blessé, j'ai sauté à terre, et j'ai saisi ses armes.

Et il l'a montrée fière de son exploit.

« Il te manque les cheveux de l'Indien, Leslie » fit remarquer l'un.

«Je ne suis pas aussi sauvage qu'eux pour scalper qui que ce soit. Qu'elle aille en enfer avec son arc et ses plumes.

Quand ils sont revenus aux chariots, Margaret, très effrayée, a réprimandé Leslie pour son imprudence, mais Leslie a essayé de minimiser l'importance de l'affaire. Cela avait été une persécution symbolique et s'il était vrai qu'il avait pu obtenir ces trophées, c'était parce que le destin s'était arrangé ainsi.

Cela avait été l'aventure la plus dangereuse qu'ils aient eue pendant le voyage, car ils ne furent plus dérangés par les Peaux-Rouges.

Leslie avait amoureusement conservé ces trophées, et lorsqu'elle a construit sa hutte, l'arc et les flèches ont été cloués au mur, tandis que sa hache tranchante était toujours suspendue à sa taille du côté opposé de son Colt.

C'était une arme très utile car maniable et menaçante, car son tranchant coupait une branche en l'air.

Ce brave caravanier avait été l'un des plus éminents de la ville et tout le monde l'appréciait et le respectait car ils le savaient aussi comme un homme courageux, un gars généreux et serviable, toujours prêt à aider ceux qui en avaient besoin.

Pour cette raison, il avait été choisi pour gouverner la ville avec Victor et un autre colon très habile dans l'art de chasser les bêtes. Tous trois formaient un comité de sécurité très complet.

Lorsque Bird était absent, Leslie a assumé la responsabilité de veiller à l'ordre et de répondre à tous les besoins imprévus, mais la vie dans le village a continué à se développer docilement, sans frictions ni incidents nécessitant une intervention sévère.

Leslie faisait partie de ceux qui aidaient à s'occuper des récoltes de l'ancienne caravane et il ne remarquerait pas du tout qu'il avait été absent de sa propriété.

L'après-midi, quand les travaux étaient terminés et que les colons quittaient leurs champs pour se retrouver au village, Leslie en profita pour s'asseoir sur une pierre à la porte de la hutte qu'ils avaient construite pour Margaret et son père et là ils discutèrent et échangé des impressions sur l'avenir.

Deux ans s'étaient écoulés depuis leur arrivée dans la ville nouvelle et le mariage s'allongeait, sans apparemment que les choses soient arrangées pour bénir le mariage. La ville n'avait toujours pas d'église et la distance qui les séparait des autres villes était grande.

« À votre avis, combien seront capables de résoudre ce qui manque pour que nous puissions enfin nous marier ? demanda Margaret.

"Je ne pense pas que ce sera long maintenant, ma chère," dit-il en souriant. Nous en avons déjà parlé avec Victor et nous avons convenu que lorsqu'il reviendra de Hutchinson et que nos biens seront assurés, nous bâtirons ensemble une petite église et nous verrons comment faire venir un pasteur qui s'occupe de cela spirituellement. Nous avons du blé stocké de la récolte précédente et lorsque nous récupérons celui en cours, il y aura de quoi faire un voyage d'exploration qui nous permettra de placer nos produits et d'avoir de l'argent pour acheter des choses très nécessaires. Si notre mariage doit être le premier à avoir lieu dans cette ville, je veux que tout le monde s'en souvienne avec émotion. Qui a passé le pire, peut bien espérer passer le moins mauvais.

« Victor a calculé une quinzaine de jours entre l'aller et le retour et tout laisser résolu. À mon retour, nous discuterons de certaines questions qui valent la peine et si tout se passe comme maintenant, j'espère que lorsque nous récolterons la récolte, nous pourrons nous marier. Vous voyez que ce ne sera pas long.

Quand passa la fin de la deuxième semaine, date à laquelle l'ancien caravanier devait rentrer, tout le monde surveillait la berge du fleuve où l'on s'attendait à le voir apparaître à tout moment, avec la charrette chargée d'articles dont beaucoup étaient indispensables. .

Mais un jour et l'autre, et ainsi de suite, une demi-douzaine passa, sans que Victor ne montre aucun signe de vie, et les colons commencèrent à s'alarmer et à faire toutes sortes de conjectures pour expliquer ce retard alarmant.

Face à l'insolite de l'affaire, tous les hommes de la commune se sont réunis le premier dimanche sur la place, convoqués par Leslie. La situation était très étrange et il fallait prendre une décision.

Le colon, prenant la parole, dit :

« C'est assez étrange et, pour ma part, je ne trouve pas d'explication correcte.

« Les calculs de Bird étaient bien faits. Il était censé passer cinq jours en voyage, mais a prolongé une date de plus pour chaque jour, en prévision de retards imprévus.

« En admettant que le double voyage consommerait douze jours, mettons-en un pour vérifier l'inscription et deux pour obtenir l'acquisition de toutes les commandes. Ajoutées les dates, ce sont les quinze jours prévus.

«Mais six autres sont décédés et c'est déjà alarmant.

« Personne ne peut douter de l'honnêteté de Bird : d'abord, pour l'avoir montré ; deuxièmement, parce que la valeur de ce que vous avez laissé ici est beaucoup plus élevée que l'argent que nous vous donnons pour les achats, par conséquent, une désertion de la vôtre doit être fermement rejetée.

«Et si nous éliminons cela, nous n'avons que le soupçon inquiétant qu'il a peut-être subi un accident, ou peut-être un vol sur la route pour le dépouiller de ce qu'il conduisait.

«C'est accablant, d'abord parce que la vie de notre partenaire vaut plus que tout ce qu'il pouvait supporter et ensuite, parce que cela nous laisse embourbés dans l'inquiétude, non seulement sur ce qui lui est arrivé, mais comment et quand.

"S'il s'agit du retour, il ne fait aucun doute qu'il aura légalement vérifié les dossiers et que nous n'avons pas à nous en préoccuper, mais si l'accident ou l'attaque a déjà eu lieu, quelle est la situation et où sont-ils nos propriétés?

« Jusqu'à présent, personne ne le sait et il n'y avait aucune crainte de ce qui pourrait arriver concernant la propriété ; Mais nous ne pouvons pas oublier qu'il était porteur des plans et de toute la documentation nécessaire pour vérifier l'enregistrement et que si toutes ces données étaient tombées entre des mains peu scrupuleuses, quelqu'un pourrait nous devancer et tout enregistrer en son nom, nous laissant à la merci du proie de n'importe quel bâtard.

Et c'est ce qui devrait nous préoccuper. Ce sont deux choses troublantes, à la fois en ce qui concerne la vie de Bird et nos propriétés.

«Et je demande à tout le monde, que peut et doit être fait pour clarifier ce qui s'est passé?

Quelqu'un s'est avancé pour dire :

« Nous pensons que la chose est claire, Leslie. Quelqu'un doit aller à Hutchinson pour savoir ce qui s'est passé et voir s'il découvre ce qui est arrivé à Bird et ce qui est arrivé au disque.

« Oui ; Cela semble être la bonne chose à faire.

« Mais la question est de savoir qui va partir.

« C'est ce que je demande, qui va y aller.

"La mission est épineuse, nous la comprenons" continua celui qui s'était avancé pour prendre la parole, "mais Bird étant absent, nous pensons que personne n'est mieux à même que vous de mener à bien cette mission.

« Vous me faites un grand honneur en me désignant comme le plus apte, mais il faut prendre en compte non seulement le danger à courir s'il y a danger, car cela ne me fait pas trop peur, mais mes intérêts et autres choses plus intimes. Je devrais laisser mes terres à l'abandon à un moment où il faut en prendre soin avec plus d'ardeur et je dois penser que je devrais laisser ici une femme qui a passé trois ans à compter jour après jour le temps jusqu'à ce que nous nous marions et que si quelque chose m'arrivait inévitablement, il serait laissé à lui-même. Ce n'est pas pour moi, mais pour elle que je crains.

« C'est vrai, mais... Margaret n'est pas seule, car elle a son père. Nous pouvons jurer de prendre soin de vos cultures indéfiniment, s'il vous arrive quelque chose avec lequel vous ne serez pas abandonné. Il est vrai qu'il peut vous perdre, ce qui ne se paierait de rien, mais réfléchissez à la situation. Si quelqu'un profite d'un accident subi par Bird et saisit la documentation pour l'enregistrer à son nom, vous, nous, votre fiancée et votre futur beau-père, nous serions dans une situation pire qu'à notre arrivée ici et la vie car tout serait l'enfer. Ils pourraient nous jeter d'ici légalement, et que ferions-nous alors, de devoir abandonner tout ce qui nous a coûté beaucoup de sueur à soulever ?

« Je sais que vous aurez des raisons de dire que ce que nous vous demandons, nous pouvons le demander à n'importe qui d'autre avec le même droit, mais nous ne sommes pas tous valables pour certaines missions. Creuser la terre, l'arroser, récolter les pointes et les ramasser est fait par n'importe qui, peu importe le peu de lumière dont il dispose, résoudre certaines questions qui nécessitent une certaine illustration et un caractère approprié pour y parvenir, n'est pas accessible à tout le monde. S'il s'agissait d'aller à la recherche de quelqu'un déterminé à lui mettre le revolver sur la poitrine et à lui tirer dessus, je m'offrirais tout de suite, car j'ai le courage de le faire.

Leslie garda le silence. Le raisonnement du colon n'était pas sans logique. La question pouvait être dramatiquement compliquée et tout le monde n'avait pas les conditions appropriées pour essayer de la résoudre.

Et comme son instinct de préservation de son héritage était plus fort que sa peur personnelle, puisqu'il mesurait ce que cela pouvait signifier pour son avenir d'être dépouillé de sa propriété, il prit une décision décisive. Il se chargerait d'une telle mission et que la chance veillerait sur lui.

"D'accord" dit-il. Je ferai le sacrifice pour tout le monde, mais j'espère que chacun d'entre vous sera fidèle à la promesse et qu'en mon absence vous veillerez à mes intérêts ainsi qu'aux vôtres. Quant à l'avenir, s'il m'arrive quelque chose d'irréparable, j'espère aussi que ma fiancée et mon futur beau-père ne seront pas abandonnés.

« Nous jurons solennellement que cela n'arrivera pas. On est tous d'accord ?

Les colons, les bras levés, jurèrent de tenir leur promesse et Leslie entreprit le voyage jusqu'à Hutchinson, pour enquêter sur ce qui avait pu arriver à Bird et dans quel état se trouvait le registre de ses propriétés.

Margaret a crié au ciel quand elle a appris la décision prise par son fiancé, mais il était ferme en elle, a répondu :

«Il pense que Bird a fait de même pour tout le monde et que s'il a échoué dans son entreprise, et a même subi quelque chose d'irréparable, quelqu'un doit suivre ses traces et résoudre cette affaire. Si quelque chose peut être fait pour un homme comme ça, tu dois essayer. D'un autre côté, pensez à ce que nous deviendrions si nous croisions les bras et laissions gracieusement quelqu'un s'emparer de ce qui est bien à nous. Je ne pourrais pas vivre avec l'angoisse de ne pas savoir si je marche sur mon propre terrain ou si je suis prêté et à tout moment ils peuvent me jeter hors d'ici comme un usurpateur.

«Je crois que Bird a simplement subi un accident, mais nous devons essayer de le clarifier, et en même temps, préciser si c'était avant ou après la vérification du dossier.

« Je ne voyagerai pas en charrette comme lui, mais à cheval. Cela a deux avantages; un, que la charrette n'incitera pas à des désirs de proie parce qu'elle n'existe pas ; un autre, qu'à cheval je peux me déplacer plus librement et même faire le trajet en moins de temps que Bird.

"Bien sûr, peut-être que le temps que vous gagnerez en voyage sera perdu dans les efforts pour découvrir ce qui s'est passé, mais ce ne sera pas du temps perdu, bien au contraire.

« J'apporterai des provisions pour le voyage et comme il me reste encore de l'argent, je le prendrai pour les dépenses que je pourrais avoir pendant mon séjour là-bas. J'espère en avoir assez pour acquérir un beau bracelet que vous pourrez porter le jour de notre mariage.

Margaret dut se résigner à laisser partir son fiancé et il partit le lendemain matin. Le colon, pris d'étranges pressentiments, voyagea tourmenté, pensant à l'énergique Oiseau. Il regretterait de toute son âme qu'il soit arrivé quelque chose d'irréparable au vieil ancien caravanier, juste pour aider à légaliser les intérêts de ses compagnons.

CHAPITRE V

LESLIE A UNE SURPRISE

Fatigué, extrêmement fatigué et sombre, Leslie a atteint Hutchinson dans les cinq jours prévus. Il avait effectué des trajets quotidiens d'environ vingt-cinq milles pour gagner du temps au cas où ce gain pourrait lui être utile.

Il est arrivé en milieu d'après-midi et comme le greffe ne fonctionnait que le matin, il en a profité pour prendre un repos bien mérité. Peut-être plus tard, il lui manquerait des heures ouvrables pour se reposer.

Le matin, après le petit-déjeuner, il quitta l'auberge et demanda où se trouvaient les bureaux de l'état civil. Il ne connaissait pas la ville et quelqu'un devait le guider. Alors qu'il se dirigeait vers la destination, il regarda tout se dérouler sous ses yeux. Il avait perdu l'habitude de se déplacer dans des endroits peuplés et étendus et il se considérait comme un naufragé dans un si grand endroit.

A la porte, il s'arrêta pour méditer. D'après ses calculs, cela devait faire environ dix-huit jours que Bird avait dû vérifier le dossier. Comme c'était le 8 mai, la visite devait avoir lieu le 20 avril. Il n'y avait personne à la fenêtre du greffe et, s'approchant de l'employé, il dit :

« Excusez-moi si je vous dérange, mais la nécessité m'oblige à demander si un dossier de propriété foncière a été vérifié ici sur les rives de Smoky Hill.

« Dites-moi le nom de la personne chargée de vérifier l'inscription et la date de l'inscription.

« La date devait être du 20 au 22 avril et la personne chargée de la vérifier s'appelle Victor Bird, mais pas précisément en son nom, mais au nom d'une communauté d'une centaine de colons qui sont ceux qui s'y sont installés.

« Il avait un plan avec la distribution des parcelles, les noms des bénéficiaires, et même le nom de la ville appelée Abilene. Peut-être que ce nom et le fait qu'il y ait tant de colons installés, cela lui rappellerait.

« En effet, le nom de cette ville me semble familier, mais ce dont je ne me souviens pas, c'est d'avoir vérifié une si volumineuse série de documents. Attendez quand même et je consulterai les livres.

Il cherchait des données sur les dates données par Leslie, tandis que ce dernier, le cœur au poing, suivait avidement les manœuvres du registraire. Le fait qu'il se souvenait du nom du village, mais n'avait pas inscrit autant de noms, l'alarmait.

Enfin, le greffier, lui montrant un volumineux livre contenant les documents vérifiés, s'écria :

« En effet, voilà. L'inscription a été vérifiée le 21 avril à 10h40 du matin, le lieu est indiqué sur une carte ci-jointe, où se trouvent les parcelles de peuplement, le nom de la ville, qui est celui que vous m'avez donné. et quelque autre détail, comme un morceau de prairie inexploitée destiné à construire un ranch, mais le registre n'est ni au nom de ce M. Bird que vous indiquez, ni celui des colons installés sur la terre. Le dossier a été vérifié au nom d'Adam Greene, comme vous pouvez le voir.

Leslie avait l'impression qu'une énorme montagne s'était abattue sur sa tête, le laissant abasourdi. Il se serait attendu à tout sauf à cet énorme coup qui a transformé en une énorme réalité la peur qu'il nourrissait depuis que Bird a cessé de se présenter à la date prévue.

« Êtes-vous en train de dire que... l'enregistrement est fait au nom de... cet individu uniquement et que les colons installés dans le village n'y sont pas du tout répertoriés ?

"C'est vrai, monsieur. Il semble très perplexe.

« Manqué n'est pas le mot juste, monsieur. C'est quelque chose de plus profond qui allume un feu de colère dans ma poitrine que je ne sais pas comment je vais évacuer. Parce que ce record que vous avez établi de bonne foi est le produit d'un vol inqualifiable et qui sait si d'un meurtre lâche. La personne chargée de vérifier le registre était celle que j'ai mentionnée tout à l'heure et non pas en son nom, mais celui de tous les colons. Ce qu'il me raconte me fait craindre que quelqu'un ait découvert l'objet de son voyage et, d'une manière ou d'une autre, ait réussi à l'éliminer en saisissant tous les plans pour enregistrer le terrain à son nom et en devenir propriétaire.

"Mais si c'est le cas, il devra montrer son visage et quand il le fera, j'ai peur qu'il n'ait quelques heures à vivre pour profiter du produit de sa proie.

«Et puisque je peux prouver ce que je dis à tout moment, je vous serais reconnaissant si vous pouviez me dire ce qui peut être fait pour invalider ce record et remettre les choses en ordre.

« Oh, vous me demandez quelque chose que je considère impossible ! Ici est consigné ce que chacun présente, justifiant que le terrain immatriculé existe et se situe à l'endroit qui lui est désigné. Le registre n'a pas à savoir s'il appartient réellement à celui qui est présenté ou à un autre, puisqu'étant non enregistré, il est propriété comme les mines, du premier qui fait l'inscription.

« Maintenant, si, comme vous le suggérez, la personne chargée de vérifier ce registre a été attaquée et volée ou assassinée et que le crime est prouvé et que l'auteur est capturé et qu'il avoue, alors les autorités sont appelées à rendre une décision sur laquelle nous assister à. Si un juge décidait qu'il y avait eu usurpation prouvée et que l'enregistrement devait être annulé et attribué à un autre, nous respecterions les dispositions de l'autorité, mais seulement de cette manière.

"Donc, si vous pensez que les choses se sont passées de manière criminelle, signalez l'affaire au shérif, enquêtez, trouvez la victime et l'usurpateur et demandez à l'autorité d'ouvrir le dossier correspondant et de rendre sa décision. On ne peut rien faire de justifié ici, sans un ordre supérieur.

Leslie, réagissant, a répondu :

"Eh bien merci beaucoup. Je suis venu éclaircir cette affaire et je ne retournerai pas au village sans réussir, même si je dois enlever toutes les terres du Kansas. Le scélérat qui a éliminé notre partenaire Bird et s'en est approprié, va n'apprécie pas beaucoup son vol.

Et désespéré, il a quitté les bureaux de l'état civil.

A partir de ce moment, un travail épuisant s'est imposé pour clarifier ce qui s'était passé. Il avait besoin de savoir ce qui était arrivé à Bird, comment une telle chose avait pu arriver et, en outre, de localiser le voyou qui, en raison de circonstances inconnues de lui, avait découvert ce qui se passait sur les rives de la rivière et en avait profité de celui-ci pour rechercher le terrain en votre nom.

Et comme il a compris que la première chose à faire était de donner un statut juridique à la plainte, non seulement pour qu'ils recherchent l'imitateur mais pour pouvoir savoir où se trouvait le malheureux Oiseau, il s'est rendu à les bureaux du shérif, de rapporter l'événement maintenant. Déposez la plainte pour que la roue de l'autorité se mette à tourner rapidement.

Le shérif était un gros homme, plus que d'âge moyen, avec un visage rouge, des cheveux gris indisciplinés et une moustache épineuse, qui donnait l'impression d'avoir placé une brosse étroite et rugueuse sous son nez.

Mais c'était un homme accueillant et sympathique, largement reconnu dans le village pour son efficacité et sa sagacité.

Il reçut Leslie avec toute la courtoisie et il, après l'avoir supplié de lui prêter attention pour la longue histoire qu'il allait faire, donna à l'homme vedette un récit de toute l'odyssée subie par les émigrants, jusqu'à ce qu'il réussisse à élever cette ville sur les rives de Smoky Hill, ville que d'après ce qu'il venait d'apprendre, un voyou sans scrupules s'était approprié, par usurpation de toutes les données que Bird portait pour faire l'enregistrement.

Quand il a terminé son histoire, il a ajouté:

« Maintenant, je pense que ce qui est imposé en premier lieu, c'est de se renseigner pour voir ce qui est arrivé à notre collègue. Je suis justifié de craindre qu'il doive être assassiné pour l'empêcher de se révolter contre le pillage et de mettre en danger le voyou qui a volé les papiers. Comprenez que si cela n'avait été qu'un vol, Bird aurait été en campagne pour intercepter le voleur et rien de tout cela ne s'est produit. Il n'est pas apparu dans la ville malgré le fait qu'il s'est écoulé un long moment, et au greffe, la première nouvelle qu'ils ont eue de cette usurpation d'identité est passée par moi il y a quelque temps.

Le shérif, qui l'avait écouté avec une grande attention, répondit :

« Je crois aussi comme vous que votre partenaire a été assassiné pour voler ses papiers et pouvoir effectuer la perquisition, mais où et comment ? Avant d'arriver à Hutchinson ou après ?

"Si c'était avant, n'importe qui sait à quel endroit, médiatisant à plus de cent milles de son point de départ jusqu'à notre ville, et si c'était ici... il est choquant que son corps n'ait pas été découvert, même s'il pourrait bien être qu'il l'avait caché quelque part dans la nature difficile à enregistrer.

« Et je me demande ce que je peux faire dans ce cas. Il n'y a pas le moindre indice pour localiser votre partenaire et sans quelque chose de tangible sur lequel s'appuyer pour agir, comment effectuer une quelconque gestion ?

« Vous pourriez faire quelque chose et m'excuser si vous me permettez de vous donner mon avis.

"Au contraire. Toute aide que je reçois, je l'apprécierai, car je ne suis pas si vaniteux que je crois que ce qui ne m'arrive pas ne peut pas arriver à quelqu'un d'autre.

« Dans ce cas, je vous dirai que je vois deux points de départ.

Voyons lesquels.

« L'une consiste à découvrir qui est ce type nommé Adam Greene. Ce n'est pas une entéléchie, vous avez vérifié le dossier et vous avez été ici, vous l'êtes peut-être encore ou quelqu'un peut vous connaître. Je soupçonne qu'un homme d'une telle condition morale peut être connu surtout dans les tripots et les maisons de bas grade. Ce sont des indésirables qui vivent dans cet environnement, car dans tout autre ils ne seraient pas à l'aise.

"Je peux envoyer mes commissaires faire des démarches dans les endroits que vous indiquez, mais, monsieur Simpson, il y a quelque chose qui ne me vient pas à l'esprit et ce que vous un peu bouleversé par la nouvelle ne l'avez pas remarqué sans aucun doute.

"Le fait que?

« Sachant avec certitude que le Greffe l'a fait au moyen d'une usurpation de documents, ne pensez-vous pas au genre stupide, qu'il semble prendre possession du terrain en étant sûr qu'il serait reçu avec des clous et des dents et même plus, qu'en exigeant qu'il démontre Comment avez-vous pu vérifier le dossier, avez-vous été accusé de meurtre si vous avez tué votre partenaire pour lui voler ses papiers ?

« En effet, shérif, j'y ai pensé et la vérité est que je ne comprends pas le jeu. Si c'était une terre abandonnée, sans habiter par personne, il lui serait peut-être possible d'en prendre possession sans danger, mais face à une centaine d'escrocs qui tomberaient dessus comme des loups affamés, je considère que c'est une stupidité inqualifiable.

« Ou peut-être une habileté très subtile, M. Simpson.

"Pourquoi?

"Eh bien... parce que je peux penser à quelque chose qui peut le prouver. S'il n'est pas un crétin, il doit avoir réalisé le danger à courir et, par conséquent, l'impossibilité de s'approprier ces terres sans risque. Dans ce cas, vous avez un exutoire parfait pour se débarrasser de ce danger et l'éviter.

"Lequel?

« Vendre le terrain à un tiers, même si c'est pour une valeur négligeable par rapport à ce qu'il possède. Vendu, vous empochez l'argent et disparaissez de la scène laissant l'acheteur devant vous.

« Et s'il l'a fait, si la vente a été faite légalement, sur la base du certificat d'enregistrement, l'acquéreur est libre de tout blâme et rien ne peut être fait contre lui. Il a acheté de bonne foi et est le propriétaire légal du terrain, sans être intervenu dans le vol des papiers ou dans la mort de son associé, s'il a été assassiné.

«Et dans ce cas, il se dégagera de toute responsabilité en vous disant que, s'il y a eu vol, vous le clarifiez et poursuivez celui qui l'a commis, puisqu'il a légalement acheté et payé ce qu'ils ont demandé pour le transfert de ces droits.

Leslie, tendue, répondit :

« Comment pouvez-vous le savoir ? En admettant que vous avez raison, tout transfert de propriété doit revenir au Registre pour changer de propriété, sinon, ce qui a été vendu continuerait d'être la propriété du vendeur à des fins légales.

« C'est vrai, et vraisemblablement, si vous l'avez donné à un tiers et qu'il l'a acheté de bonne foi, vous vous êtes précipité pour enregistrer le terrain à votre nom. Nous pouvons retourner au Registre et nous renseigner pour voir s'il y a eu un changement de propriétaire.

"Et s'il y en avait, les choses se compliqueraient encore, car personne ne pourra emporter votre propriété, à moins que le voleur qui a commis le vol ne soit attrapé et qu'il déclare comment les documents sont entrés entre ses mains. Ce n'est qu'alors que le premier pourrait être contestée en poursuivant deux fois le voleur, puisqu'il vous a volé et a fraudé l'acheteur.

«Alors que nous allons essayer de clarifier. Maintenant, dites-moi quel est l'autre indice que vous alliez signaler.

« Eh bien, voyez-vous, Bird est venu avec un chariot pour emporter certains articles qu'il était censé acheter ici. Si l'événement s'est produit à Hutchinson, le wagon doit avoir été abandonné quelque part et on saura de lui s'il était ici ou s'il a été attaqué avant d'arriver.

« La suggestion me semble juste et je m'occuperai immédiatement d'envoyer des demandes de renseignements aux auberges de la ville, et même à la périphérie, au cas où ils retrouveraient la charrette abandonnée. Si nous le localisons, ce serait un fil conducteur qui nous emmène plus loin et éclaire cette matière noire.

« Et puisque j'ai été très intéressé par votre histoire, voyons si nous pouvons éclaircir un peu les ténèbres le plus rapidement possible.

« Attendez-moi un moment pendant que je demande à mes commissaires de commencer à enquêter sur la localisation de la charrette. Ensuite, vous et moi retournerons au Registre pour voir si vous pouvez nous donner plus de détails là-bas.

« Je vous suis très reconnaissant de votre intérêt, shérif, et je vous remercie non seulement en mon nom, mais en celui de tous mes collègues, qui en ce moment sont avec leur âme dans un fil en pensant à ce qui pourrait arriver à Bird Et pour quoi faire eux signifieraient qu'après deux ans à donner du sang sur la terre mère, un coquin viendrait ou qui ne l'est pas, mais d'ailleurs c'est pareil, et les prive de ce qui est bien à eux.

« Et j'ai très peur de ce qui peut arriver, car ni eux ni moi ne voulons être victimes de dépossession. Cela deviendrait un champ de bataille tragique, comme on peut imaginer ce que seraient une centaine d'hommes enragés, prêts à défendre leur terre bec et ongle.

«Je prends en charge et nous verrons ce qui peut être fait pour éclaircir ce gâchis et remettre les eaux dans leurs canaux légaux.

Il quitta le bureau pour donner des ordres à l'un de ses commissaires qui prenait un bain de soleil à l'extérieur des bureaux et retourna à Leslie en disant :

« Il est midi ; nous avons encore le temps d'arriver au greffe avant la fermeture ; partez ?

"Je suis à votre service.

Ils se sont dirigés vers le greffe. Alors qu'ils s'approchaient de la fenêtre, l'employé salua chaleureusement l'homme vedette :

« Salut Shérif, comment vas-tu ici ?

"Je viens voir si vous clarifiez une affaire apparemment très laide, qui s'est produite à l'occasion de l'enregistrement d'un terrain à côté de Smoky Hill.

"Oh ouais ! Maintenant que je regarde son compagnon, je me souviens de lui et je suis content que tu sois venu car, en examinant les livres, j'ai trouvé quelque chose qui est lié à ce disque.

"Oui? Voyons ce que c'est.

« Un simple changement de propriétaire. Le 24, un individu nommé Ludwing Swan, un marchand de bétail, avec résidence dans une ville appelée Sterling, est apparu ici pour enregistrer en son nom la propriété de la ville appelée Abilene, avec toutes les terres environnantes selon les plans originaux déposés ici. Il a apporté la copie notariée de l'acte d'acquisition et la nouvelle propriété a été enregistrée conformément à la loi.

« Je m'en souviens sous le nom de la ville, car la plupart des terres qui viennent au registre sont vierges et n'ont pas de nom propre.

Le shérif examina l'inscription et se tournant vers Leslie qui était rouge de colère, dit :

« Tu te rends compte que le coquin n'était pas stupide, mais un gars trop intelligent ? Il savait qu'il courait un grave danger en essayant de revendiquer la terre pour lui-même et il préférait la donner à quelqu'un d'autre, mais avec moins de profit. Vois ici; Il l'a cédé pour dix mille dollars.

« Il y aura des canailles... ! Mais, si ça vaut vingt fois plus !

« Pour vous, oui, mais pas pour lui. Dix mille dollars c'est de l'argent sûr, l'autre... c'était s'exposer à recevoir son poids de plomb fondu.

« Eh bien, nous avons déjà clarifié quelque chose, même si au lieu de simplifier les choses, cela les complique davantage. L'acheteur ne se résignera pas à renoncer à son acquisition ni même à lui payer ce qu'il a payé pour le terrain, et si les choses ne tournent pas très bien pour permettre l'annulation de l'enregistrement, il devra les comprendre avec le nouveau propriétaire, qui pour le moment la Loi protège. Plus tard... Dieu le dira.

Ils ont quitté le Greffe. Leslie semblait abasourdi, craignant que le moment ne vienne où il devrait retourner au village pour informer ses compagnons de la tragédie qui les attendait et, plus encore, il craignait ce qui pourrait arriver lorsque le propriétaire légal du terrain se présenterait à lui. lui. de les jeter hors de leurs champs, ou de leur imposer un canon à volonté, ce qui réduirait dans une large mesure les maigres profits qu'ils étaient parvenus à récolter jusqu'à présent.

D'un autre côté, le souvenir de Bird ne quittait pas son imagination. Homme sensible, il comprit que le malheureux ancien caravanier avait été une innocente victime, sacrifiée pour avoir voulu rendre un précieux service à son compagnon d'exode.

Déjà à la porte des bureaux, le shérif cessa de dire :

« Comme vous le verrez, pour le moment, rien de plus ne peut être fait. Il faudra attendre que mes commissaires se renseignent pour voir s'ils découvrent la charrette ou un détail quelconque qui prouve que son partenaire était là et c'est là qu'ils l'ont dépouillé des plans. Je n'ai pas beaucoup confiance en cela, car s'il avait été tué ici, son corps aurait été retrouvé et nous n'avons trouvé aucun mort non identifié.

« Je pense qu'une nouvelle direction pourrait être tentée.

"Lequel?

« Découvrez qui est ce concessionnaire qui a acheté la propriété de Greene, pour voir quel indice il peut nous donner concernant le gars avec qui il a fait affaire pour l'acheter. Vous devez sûrement le connaître et savoir quelque chose sur lui.

« Vous avez raison et comme la ville n'est pas très loin d'ici, je vais vous envoyer une citation à comparaître. Nous verrons ce que vous pouvez nous dire d'intéressant. Maintenant, dites-moi où vous séjournez afin que je puisse vous faire savoir si je découvre quelque chose d'intéressant.

Leslie lui donna l'adresse de l'auberge, qui était située non loin des bureaux, et tous deux se serrèrent chaleureusement la main.

"Je vous suis très reconnaissant de votre intérêt, shérif", a déclaré Leslie.

«Je remplis simplement mon devoir et j'espère que la chance sera avec nous et que nous pourrons localiser ce buharro. Il regretterait que cela n'ait pas pu être résolu, pour ses collègues. Je m'occupe de ce que cela peut signifier pour eux d'être privés de leurs propriétés.

CHAPITRE VI

UNE FERME EST JUSTIFIÉE

Peu de temps avant l'heure du dîner, Leslie a reçu un avis du shérif pour se présenter aux bureaux, et le colon anxieux s'est précipité au rendez-vous.

Le shérif, très sérieux, dit :

« Nous avons déjà découvert quelque chose, M. Simpson, mais malheureusement ce que nous avons trouvé ne clarifie rien et je pense toujours que cela l'obscurcit davantage.

Nous avons trouvé il y a quelques jours une charrette abandonnée sur le pâté de maisons d'une auberge de la Plaza de los Sauces et je lui ai demandé de m'accompagner pour l'examiner pour voir si c'était celle de son compagnon. Mais si c'est le cas, nous ne pouvons rien savoir d'autre.

« D'après ce que l'aubergiste a dit, il a été laissé là par un gaillard d'une soixantaine d'années, de bonne taille, brun, aux cheveux gris. Il a dormi à l'auberge et le lendemain matin, il s'est levé tôt, a quitté l'auberge et est revenu à l'heure du déjeuner. Il est parti, est revenu le soir et est reparti vers neuf heures et demie, pour ne jamais revenir.

Le propriétaire attendait le retour du propriétaire du véhicule, car il supposait qu'il n'allait pas le laisser là en échange de la journée d'hébergement, puisque la charrette vaut beaucoup plus que le débit.

Comme il le disait, je commençais déjà à m'alarmer du retard et j'allais m'en rendre compte. C'est tout.

« Vous avez dit quand il est arrivé ?

Le 18 dans l'après-midi et le 19, il a disparu.

« L'adresse correspond à celle de notre collègue, mais ils ont dû prendre le nom.

« En effet, mais quelque chose d'étrange s'est produit. La personne chargée de noter les entrées a fait retourner l'encrier dans le livre et il y a deux noms complètement illisibles. L'un est le propriétaire du véhicule.

« Et tu ne te souviens pas du nom ?

"Il dit non.

« Eh bien, nous pouvons aller examiner le wagon.

Ils allèrent tous les deux à l'auberge et dès que Leslie leva la lourde carcasse à son visage, il s'exclama avec enthousiasme :

« C'est chez Bird, monsieur le shérif... Je la connais très bien.

« Dans ce cas, il ne reste plus qu'à savoir ce qu'est devenu son propriétaire. Comme je l'ai dit, je n'ai pas la moindre nouvelle qu'un corps ait été trouvé à cette époque sans identifier ou identifier ce nom. Nous devons admettre que s'il a été assassiné, il a été emmené d'ici et caché dans un accident sur le terrain. Je vais devoir ordonner l'exploration des endroits appropriés pour cacher un cadavre.

« Tu n'as rien découvert sur la chouette d'Adam ?

« Il est encore tôt, mais sans signes personnels, ce n'est pas si facile. Par son seul nom, il devait être bien connu ici pour que certains signes de lui soient donnés.

« Je m'occupe de la difficulté et je regrette de ne pouvoir rien faire pour vous aider.

« Ce que mes hommes ne peuvent pas accomplir, vous ne l'accomplirez pas.

"Vraisemblablement. Il ne me reste plus qu'à rester les bras croisés et à attendre. Le malheur est que, compte tenu de la distance et du manque de communications, il m'est impossible d'envoyer un message à mes collègues, les informant de ce qui se passe. Si cela prend trop de temps pour trouver quelque chose de pratique, je serai obligé de retourner au village et de rapporter ce qui se passe, même si je dois revenir plus tard. Si cela prend trop de temps, ils finiront aussi par craindre pour ma vie et J'y ai laissé des parents qui seraient affligés de mon sort.

« Nous allons essayer de nous dépêcher le plus possible. J'ai déjà échangé mon partenaire en Sterling pour retrouver Swan et le forcer à venir ici rapidement. Peut-être que de ce que cet homme déclare, un nouveau rayon de lumière peut émerger.

Leslie, désespérée et de plus en plus triste, pensant au sort tragique que Bird aurait pu subir, se retira à l'auberge. Il n'était pas d'humeur à visiter le village, encore moins les entrepôts à la recherche de quelque chose à apporter à sa fiancée. Il ne suffisait pas de penser aux dépenses superflues, quand elles étaient menacées d'une ruine imminente.

Et en y pensant, sa colère était infinie.

En bon colon, il aimait la Terre Mère comme il pouvait aimer sa propre vie. Il avait toujours vécu de l'effort de la cultiver ; la terre lui avait plus ou moins offert sa subsistance quotidienne et il ne pouvait renoncer à ce morceau de terre écorché de sueur et qui promettait tout le bien-être et le bonheur dont il avait rêvé lorsqu'il avait réussi à épouser Marguerite.

Ne pas! Il ne pouvait pas l'abandonner et il n'abandonnerait pas. Ni Greene, ni Swan, ni personne d'autre ne lui arracheraient cette terre qui était la base de son existence, parce qu'il le défendrait en tirant sur qui que ce soit, sous la protection de la loi ou contre elle, parce que la légalité qui Swan pourrait invoquer serait une légalité usurpée.

Affaibli, il s'assit dans l'une des nombreuses vieilles chaises en osier du hall. À côté de la chaise, il y avait une large table et, éparpillés dessus, des journaux périmés et quelques magazines vétustes de l'Est.

Machinalement, sans savoir ce qu'il faisait, il ramassa un magazine, mais le reposa tout de suite. Puis, il fouilla dans plusieurs journaux à grand tirage, et alors qu'il s'apprêtait à quitter le dernier parce qu'il n'avait pas le courage de lire des choses qui ne l'intéressaient pas, ses yeux tombèrent sur une épigraphe d'un événement qui y était relaté.

Le communiqué était dirigé par un titre qui disait :

CRIME MYSTERIEUX

Sans savoir pourquoi, il fut intrigué par le titre et se mit à lire avidement. Lorsqu'il apprit que le blessé avait été retrouvé dans une ruelle proche de la Plaza de los Sauces, son cœur battit violemment puisque l'auberge où avait séjourné Bird était située sur cette place.

Et quand il a fini de lire l'histoire, il n'y avait aucun doute que l'homme grièvement blessé qui avait été transporté à l'hôpital dans un état agonisant était Bird.

Et peut-être cela expliquait-il l'affirmation du shérif, en assurant qu'aucun corps non identifié n'avait été retrouvé. Il n'avait pas trouvé, parce que Bird avait été ramassé vivant et emmené à l'hôpital. Et maintenant, ce qui manquait pour que ses soupçons soient confirmés, c'était de savoir si le blessé était mort, s'il avait été enterré et s'il y avait d'autres preuves qui venaient d'éclaircir ses doutes.

À la hâte, il ramassa le journal et se présenta aux bureaux du shérif.

Ce dernier, l'observant pâle et nerveux, demanda :

« Qu'est-ce qui ne va pas chez vous, M. Simpson ?

"Je ne sais pas. Je pense avoir découvert un indice pour localiser mon partenaire disparu, mais j'ai préféré venir le voir afin qu'il puisse être celui qui a son autorité pour mener l'enquête pertinente, si vous n'en savez pas plus précis à ce sujet.

Et il lui tendit le journal en disant :

Voir la date. Le journal date du 20 et Bird a disparu le 19 à neuf heures et demie. En revanche, il séjournait à la Posada de los sauces et le corps du mourant a été découvert dans une ruelle proche de la place. Celui-ci semble prétendre qu'il s'agit de Bird et qu'il a été assassiné alors qu'il retournait à sa loge.

Le shérif, après avoir examiné le document, a répondu :

« Il est très possible qu'il ait raison. Le blessé a été retrouvé à l'aube et à l'hôpital ils m'ont dit qu'ils n'avaient pas donné un sou pour sa vie. Ils ont accepté de m'informer s'il est décédé ou guéri et que je pourrais témoigner, mais jusqu'à présent, ils ne m'ont donné aucune nouvelle de lui. La vérité est qu'il avait oublié cet événement et je ne l'ai pas lié à la disparition de son partenaire. Mais on peut y remédier immédiatement en se rendant à l'hôpital pour voir le blessé.

« N'aurait-il pas pu mourir et... ?

« Je ne pense pas, car si j'étais mort, ils m'auraient donné la pièce correspondante.

"Mais ils ne l'ont pas non plus appelé pour prendre une déclaration.

«C'est vrai, mais cela peut indiquer que, contre le pronostic des médecins, il n'est pas décédé, bien que sa guérison, compte tenu de la gravité qu'il présentait, n'ait pas encore été atteinte et que le blessé soit vivant, mais toujours incapable de parler.

« Nous allons lui rendre visite et s'il est celui que nous supposons, l'affaire sera clarifiée. J'espère que, s'il n'est pas mort, après tant de jours, c'est que les médecins accomplissent le miracle de préserver sa vie et qu'à un moment donné la science triomphera dans ce combat contre la mort. Viens donc avec moi, bien qu'il soit un peu tard, pour moi toutes les heures sont bonnes et personne ne me refusera l'entrée et l'examen du blessé.

L'âme sur un fil, Leslie accompagna le shérif. Il demandait mentalement à Dieu que cet incognito blessé était Bird et qu'il continue à préserver sa vie, non pas à cause de ce qu'il pouvait clarifier à propos de l'événement, mais parce qu'il méritait de continuer à vivre.

Lorsqu'ils sont arrivés à l'hôpital, le médecin qui montait la garde les a accueillis en leur demandant :

« Qu'est-ce qui vous amène ici à cette heure, shérif ?

« Je viens de savoir ce qui est arrivé à un homme très grièvement blessé qui a été retrouvé il y a quelques jours dans une ruelle proche de la Plaza de Los Sauces et dont vous ne m'avez pas donné la moindre nouvelle.

« En effet, shérif, mais aucun cas n'a encore été fait pour vous en informer.

« Le blessé a été une semaine plus près de la tombe que de la vie, mais miraculeusement la mort a été évitée, puisque le coup de couteau qu'il a reçu dans le dos l'a intéressé au poumon et à un autre organe, ce qui nous a fait craindre une issue fatale.

Mais heureusement, au sein de la gravité, il semble que le danger s'estompe sans que cela signifie qu'il n'existe pas encore. Le blessé est fort comme un buffle et il se remet lentement ; cependant, il n'a pas encore repris conscience, et nous ne savons pas non plus quand il le pourra.

« Si ça continue comme ça, il est possible que dans quelques jours il commence à se rendre compte qu'il est toujours dans le monde et peut dire quelque chose, mais jusqu'à présent c'est un corps qui respire calmement et rien d'autre.

« Pour cette raison, nous n'avons pas pu l'avertir. Il n'est ni décédé ni en mesure de déclarer quoi que ce soit.

— Eh bien, au moins, les nouvelles sont plutôt bonnes, puisqu'apparemment ce pauvre homme s'épargne de tomber dans la tombe.

— Oui, et je suppose que lorsqu'il nous rend visite à ce moment-là, c'est parce qu'il lui apporte quelque chose en rapport avec le blessé.

« En effet, cet homme qui m'accompagne se doute que c'est un de ses collègues qui est venu ici pour effectuer quelques formalités et dont ils n'ont pas eu de nouvelles depuis qu'il lui a dit au revoir. Nous sommes venus y jeter un œil pour voir si c'est la même chose.

"Très bien. Dans ce cas, suis-moi.

Il les emmena dans une petite pièce où se trouvait seul le blessé. Cela ne lui convenait pas qu'il y ait du bruit autour de lui, et pour cette raison il avait été isolé des autres. Leslie jeta un rapide coup d'œil au visage rétréci, barbu et pâle du patient pour le reconnaître.

"C'est pareil, Shérif" déclara-t-il d'une voix voilée par l'émotion. Voici notre collègue Victor Bird.

— J'en étais presque certain, répondit le shérif, et je crois que cette identification achève l'histoire.

Le médecin a demandé :

« Ont-ils réussi à découvrir qui était le sauvage qui l'a poignardé ?

«Oui, nous connaissons le nom et nous connaissons le mobile, ce que nous ne savons pas, c'est qui est le criminel et où il se trouve, mais nous essaierons de le localiser.

Et maintenant, il ne me reste plus qu'à vous remercier pour l'intérêt que vous avez tous mis à sauver la vie de cet homme malheureux et à réitérer ma demande que dès qu'il sera en mesure de parler, vous me le fassiez savoir.

"Ne t'inquiète pas, c'est comme ça que ça se passera.

Ils ont tous deux serré la main du médecin et ont quitté l'hôpital.

Dans la rue, Leslie a commenté :

"Maintenant, je suis infiniment heureux de m'être lancé dans l'aventure de faire ce voyage ennuyeux. Je ne peux pas abandonner cet homme ; et je ferai tout ce qui est en mon pouvoir pour m'occuper de lui dès qu'il pourra retourner au village.

« Mais je crains que cela dure longtemps et m'oblige à faire un nouveau voyage. Je ne peux pas laisser une centaine d'hommes incertains, pas seulement de ce qui est arrivé à Bird, mais de ce qui a pu m'arriver, s'il me faut trop de temps pour revenir.

« Si vous pouvez attendre quelques jours ou trois, peut-être qu'à ce moment-là, nous pourrons découvrir quelque chose. J'attends une réponse de Sterling pour que l'acheteur de ce disque apparaisse, pour voir ce qu'il nous dit ; et concernant le soi-disant Adam Greene, je donnerai des ordres dans tout le district afin que les shérifs soient attentifs, au cas où à tout moment il ferait une apparition quelque part où il puisse être localisé.

Pour l'instant, j'accepte votre plainte et vous accuse de tentative de meurtre et de vol. Quand il se montrera, j'espère qu'il ne passera pas un bon moment.

« Deux ou trois jours, et même quatre ou cinq, je peux attendre. Mes collègues savent ou soupçonnent que la mission que j'apporte peut être laborieuse, et pendant ce temps, ils ne se sentiront pas très nerveux. Je ne veux pas partir d'ici sans pouvoir parler à Bird et savoir quand il sera au moins sorti du bois.

« S'il continue à se rétablir comme l'a indiqué le médecin, il est possible qu'à ce moment-là, il soit en mesure de faire une déclaration. Il serait très intéressant de compléter l'information avec ce que vous dites.

Alors armez-vous de patience et retenez vos nerfs. Pour l'instant, la vie de votre partenaire semble en sécurité, et c'est déjà un atout en votre faveur. Nous verrons si nous pouvons obtenir d'autres éléments positifs qui nous permettent d'annuler ce foutu record et de leur rendre leurs terres et la tranquillité qu'ils sont en train de perdre.

"Je le souhaite! Soyez comme ça, Shérif, car sinon j'ai peur que là-bas, au bord de la rivière, des choses très désagréables ne se produisent.

Ils ont dit au revoir et Leslie s'est préparée à attendre d'autres événements s'ils se produisaient.

Il s'était rassuré sur le sort de Bird ; mais le très grave problème de la propriété de ses terres demeurait, et celui-ci l'accablait.

Le lendemain était un jour blanc. Impatient, il a fait une visite à l'hôpital, où on lui a dit que Victor était encore plus ou moins, mais s'améliorant lentement.

Et le lendemain, il a reçu un avis du shérif de se présenter d'urgence à leurs bureaux.

Espérant que le shérif avait réussi à découvrir quelque chose sur Adam, un homme grand, flexible, brun, à l'air déterminé, relativement élégamment habillé s'est rapidement présenté dans les bureaux où le shérif se réunissait.

Le shérif fit la présentation de l'étranger en disant :

« Il vous a présenté à M. Ludwing Swan, qui vient d'arriver de Sterling sur mon ordre de présentation. Cet homme est Leslie Simpson, l'un des colons installés à Abilene.

« Enchanté de vous rencontrer », a déclaré Swan, souriant, alors qu'il offrait sa main au colon.

Il l'a secoué doucement, sans aucune effusion, bien qu'il ait compris que le trafiquant n'était pas coupable de la situation agaçante qui l'assaillait.

« Eh bien, M. Swan, puisqu'il était intéressant que M. Simpson soit présent à notre entretien, puisqu'il est une partie intéressée, j'ai retardé notre discussion sur la raison de votre appel. Maintenant, nous pouvons le faire, sans avoir à répéter la conversation à nouveau.

« D'après ce que j'ai pu vérifier dans le registre, vous avez enregistré à votre nom un certain terrain niché sur les rives de Smoky Hill, où une centaine de colons ont fondé une ville appelée Abilene, n'est-ce pas ?

"Justement.

« Et vous avez été vendu par un gars nommé Adam Greene, n'est-ce pas ?

"C'est indiqué dans le registre.

« Comment Adam vous a-t-il proposé ce marché ?

«Parce qu'il avait besoin d'argent, dit-il.

« Connaissez-vous Adam par autre chose que cette opération ?

"Eh bien... comment le rencontrer, je le connaissais, mais pas beaucoup. Je l'ai vu quelques fois ici dans les tripots, mais notre traitement n'était pas celui de l'amitié. On en savait autant.

« Pour quelle raison avais-je envie de vous proposer cette vente ?

« Peut-être sachant que je cherchais un endroit qui ne me coûterait pas cher, pour construire un petit ranch et pouvoir héberger le bétail avec lequel je trafique. Parfois, il n'est pas facile d'acheter un bout de bétail et de le vendre en même temps et cela m'a posé un problème de placer le bétail pendant que j'étais en mesure de le vendre.

Et le savait-il ? Lui aviez-vous dit ?

"Non. Il avait parlé plusieurs fois dans ces endroits du besoin qu'il avait de trouver cette terre et il a dû l'entendre. C'est pourquoi il me l'a offert.

« Saviez-vous d'où venait cette propriété ?

« Moi ? Pourquoi devait-il savoir ?

« Il est toujours intéressant de connaître l'origine de ce que l'on achète, surtout quand il est offert si généreusement, puisque vous aurez calibré qu'une ville avec une centaine de parcelles en exploitation et une prairie pour fonder un ranch, valent bien plus. que ça. chiffre minimum de dix mille dollars qu'il a donné pour elle.

«Quand vous êtes sous pression, beaucoup de choses sont vendues pour moins de valeur, parfois du bétail à un prix inférieur à celui que vous payez et si vous êtes un homme, vous ressentez un besoin d'argent, c'est justifié.

"Juste un instant. N'a-t-il pas été choqué qu'une propriété qui avait été enregistrée une semaine plus tôt soit proposée de manière si urgente et à un prix si bas ?

« Je n'avais pas à me mêler des affaires privées du vendeur. Celui-ci avait l'enregistrement de ce terrain en règle, je l'ai acheté chez un notaire car il est accrédité et j'ai procédé à l'enregistrement à mon nom. Tout ce qui concerne qui me l'a vendu, c'est quelque chose qui ne m'affecte pas.

« Peut-être, oui, M. Swan, car cette terre a été enregistrée au nom d'Adam Greene, à travers une tentative d'assassinat et le vol de tous les documents que la victime portait pour vérifier le registre au nom des 100 colons qui y étaient établis.

"Et il doit penser que cela peut l'affecter, car si Greene est arrêté et qu'il avoue comme il se doit, qu'en effet, il a tenté d'assassiner le porteur des plans et les a volés pour fouiller le terrain en son nom, l'autorité legal devra considérer le fait et cela annulerait sûrement le record primitif, qui serait dépouillé de cet achat que, si cela semblait être une bonne affaire, il serait transformé en une très mauvaise affaire.

Swan se révolta en entendant le shérif.

"Hé, je ne connais pas l'origine de cet enregistrement, et je m'en fiche, ce que je sais, c'est que je l'ai acheté, payé et dûment enregistré. La terre est à moi et ...

« Ne vous fâchez pas, car vous ne pourrez pas déranger les choses. La Loi atteint plus ou moins tout le monde et quand quelqu'un vole un objet et le vend, les deux sont couverts par le même code. Celui qui a volé davantage et celui qui a acheté, s'il l'a fait de bonne foi, ne subira pas les rigueurs d'une sanction pénale, mais perdra ce qu'il a payé pour l'objet, puisqu'il a un propriétaire défini et qu'il ne l'a pas vendu, mais qu'il a été volé, mais si l'acquisition a été faite en connaissant l'origine de l'objet, alors le code atteint les deux.

« Cela devrait être mis dans sa tête afin qu'il ne soit pas induit en erreur si les choses vont où elles devraient aller et que la terre soit rendue à ses vrais propriétaires.

Et allais-je perdre ces dix mille dollars ?

« Vous pouvez poursuivre celui qui vous a trompé en vous vendant ce qui ne vous appartenait pas et en vous faisant poursuivre en double. Si vous êtes solvable, vous obtiendrez ce que vous avez remboursé à tort.

« Est-ce qu'un gars qui en vend dix vaut pour un solvant ?

"Je suppose que non, mais... loyalement je n'achèterais pas à l'aveuglette s'ils me l'offraient, un brillant évalué à mille dollars, pour cent, car il est toujours possible de soupçonner que l'origine n'est pas très claire.

« Il y avait un casier judiciaire qui le garantissait.

« Une inscription légale dans une certaine mesure, On est propriétaire d'une chose, tant que le contraire n'est pas prouvé.

Et suis-je celui qui doit perdre ?

"Il y est exposé, dès qu'il existe des preuves fiables qui montrent le vol. Lorsque cela se produit, vous pouvez perdre dix mille dollars, mais quelqu'un perdra la vie en même temps.

« La vie de ce buharro m'importe peu, ce qui m'importe c'est mon argent.

« Je ne suis pas égoïste et je suis prêt à ce que ces colons et moi parvenions à un accord, si, comme vous le dites, la terre allait être enregistrée à leur nom. Nous avons tous les deux été arnaqués et il est juste que nous souffrions tous un peu de pertes.

« S'ils le veulent bien, je ne leur demanderai rien de plus que ce que j'ai payé pour la terre. Qu'ils me paient tous pour la propriété de leurs parcelles ces dix mille dollars que j'ai payés, ce qui n'est pas beaucoup divisé entre cent et qu'ils laissent le morceau de prairie libre pour construire le ranch et garder mon bétail. Je pense que j'ai raison.

Mais Leslie, intervenant, répondit :

"Cette chose que vous mettez dans une raison fantaisiste, car étant nous les vrais propriétaires de la terre, nous aurions à perdre les dix mille dollars en votre faveur et vous, au lieu de perdre, gagneriez ce morceau de prairie équivalant au même montant de terre que nous occupons ensemble.

« Bien sûr que je perds. Je pourrais le vendre quatre ou cinq fois ce que j'ai payé.

«Il le perdrait si l'achat avait été légal, mais ne l'étant pas, cette croyance est frustrée au point de l'avertir de ne pas essayer de le vendre rapidement pour se débarrasser de ce fardeau, car il n'y arrivera pas. Le registre a un ordre d'immobiliser la propriété de cette terre jusqu'à ce qu'il soit clarifié d'une manière ou d'une autre qui peut ou devrait être le véritable propriétaire.

«Et comment cela va-t-il être clarifié et quand?

«Quand Adam est pris et qu'il déclare ce qu'il a à déclarer. Ce n'est qu'alors que les juges auront le dernier mot.

« Et si cet homme n'avait pas l'air ou... était mort ?

« Pourquoi devrait-il paraître mort ?

"C'est une supposition, d'autant plus que c'est un homme à la vie équivoque, qui fréquente les tripots, boit, joue dur et se bat. Un jour, quelqu'un peut mettre deux onces de plomb dans son corps et ensuite...

« Le ciel peut aussi s'effondrer sur nous, ou un tremblement de terre peut se produire qui nous anéantit tous. Je ne peux pas aller aussi loin tant que la réalité ne m'y mène pas.

« Bien, mais puisqu'il faut s'en tenir à l'instant, l'instant est un et c'est clair. Tant que le contraire n'est pas prouvé, je suis propriétaire de ce terrain et je peux en disposer en tant que propriétaire et seigneur.

"Jusqu'à un certain point. Vous ne pouvez pas essayer de le vendre, parce que la vente ne serait pas acceptée dans le Registre et parce que les colons ne sont pas disposés à l'acheter, car il vous appartient.

«Mais j'ai le droit de les expulser de là s'ils refusent de conclure un arrangement et de le louer à quiconque paie le loyer juste assez.

« J'espère qu'il se résignera et qu'il n'essaiera pas. Il rencontrerait l'hostilité d'une centaine d'hommes désespérés et je ne pense pas qu'il soit en mesure de s'imposer à eux par la force.

La colère du contrebandier grandissait à chaque fois que le shérif le confrontait à des arguments qui annulaient ses vues.

Et hors de lui, il beugla :

« Ce qui peut arriver, c'est mon truc. Je suis le propriétaire légal de cette terre et je ferai ce que je jugerai bon, tant qu'il n'y a rien de plus grand que ma force et mon droit qui l'empêche. Si le coupable est ce cochon Adam, trouve-le, sauve-le, mais laisse-moi tranquille.

"Nous vous chercherons et vous pendreons si possible, mais avec cela vous ne gagnerez rien, car si vous êtes jugé et pendu pour crime et vol, les juges annuleront l'enregistrement et ordonneront de le mettre au nom des colons . Ne l'oubliez pas pour ne pas trop espérer.

Merci pour cet avertissement si sain. Je répète que tant que la situation ne change pas et si c'est le cas, je suis le propriétaire légal de ces terres et en tant que tel, je vais procéder. Les obstacles qu'ils entendent m'opposer, je vais voir comment je les élimine. Et si vous n'avez plus rien à me dire, je me retirerai.

"Rien, à moins que vous ne regardiez ce que vous faites, pour l'instant vous n'agirez pas les yeux fermés.

Swan a fait irruption hors du bureau, laissant le shérif et Leslie derrière.

CHAPITRE VII

BIRD FAIT UNE DÉCLARATION

Après un moment de silence, Leslie commenta :

— Je n'aime pas du tout cet homme, shérif.

"Et moi non plus.

« Avez-vous des antécédents de lui ?

« Aucun, mais je peux le demander.

« Je pense que tu ferais bien de le faire. Je ne sais pas pourquoi je suis convaincu qu'il nous a menti de façon flagrante sur certaines choses.

« Dans lesquels ?

« Un, en niant que je connaisse Adam plus intimement que de le rencontrer dans des tripots. Je suis sûr que vous le connaissez bien et que vous savez peut-être même où il se trouve. On n'achète pas des choses à un étranger, juste comme ça, sans se renseigner à leur sujet.

"Alors, vous pensez qu'il sait que la perquisition a été faite sur la base d'un vol...

« Si vous ne le savez pas, vous avez dû vous en douter. Peut-être ignorait-il que le vol était le résultat d'une tentative d'assassinat, ce qui rend les choses plus graves.

"Et la preuve qu'il ne se sent pas en sécurité, c'est ce câble qu'il nous a tendu pour que nous puissions acheter les parcelles pour l'argent qu'il a payé, lui laissant la prairie... S'il n'avait pas eu cette peur, il aurait ne pas avoir fait la proposition la première fois.

«Je soupçonne aussi cela et autre chose. Parfois, avoir la langue est très utile, car certaines phrases peuvent être interprétées de plusieurs manières et constituent à un moment donné un nœud coulant tissé par l'un des siens.

"Que veux-tu dire?

« À la question qu'elle a posée en lui mettant beaucoup d'intérêt sur ce qui se passerait si Adam se retrouvait mort sans avoir eu le temps d'avouer son crime.

"C'est vrai, je n'étais pas tombé là-dedans.

« C'est pourquoi je dis que parfois, il vaut mieux penser à une chose, mais peser son importance avant de la dire. Il a tenté de le justifier en faisant allusion au fait que ce buharro pourrait mourir victime d'un combat et un combat se prépare avec avantage pour gagner l'action et s'en débarrasser.

« C'est vrai et s'il connaît bien Adam et sait où le trouver, il n'y aurait rien à lui reprocher pour la vente qu'il a faite, mais il pourrait la consolider à jamais, s'il se débarrassait d'Adam avant que vous ne puissiez l'avoir. Ensuite, le vol ne pourrait pas être prouvé et le dossier serait ferme pour toujours.

« C'est exactement ce que je pensais et cela m'oblige à prendre des mesures sévères avec ce gars. Je vais avoir des rapports très précis sur lui de la part du shérif de Sterling et je vais essayer de mettre quelqu'un derrière lui pour le surveiller au cas où. Si ce que je pense est vrai et qu'il a imaginé de se débarrasser du vendeur pour couper court à toute possibilité de se voir confisquer la propriété de ces terres, il nous conduira lui-même vers l'homme que nous recherchons et qui sait si même par régler un conflit, il s'en créera un autre plus dangereux pour lui.

« Donc, tant que le shérif sterling m'enverra les rapports qu'il a ou qu'il peut collecter, je vais envoyer un de mes commissaires en ville avec l'ordre de rester à l'ombre de cet homme, pour voir s'il dirigera lui au plus nous sommes intéressés à attraper.

« Pensez-vous que ce sera possible ?

« Je ne sais pas, mais il faut faire quelque chose pour y parvenir.

« Je le dis, parce que je pense à quelque chose qui peut être sage.

« Parlez-vous, vous avez trouvé des choses utiles… pourquoi ne pouvez-vous pas penser à d'autres ?

« Merci pour la bonne idée que vous avez de moi. Je parlais de cela digne d'être pris en compte. Adam sait qu'il a trompé Swan, ou du moins qu'il peut le mettre dans une mauvaise situation, si mauvaise, qu'il l'oblige à le dénoncer. Je pense pouvoir vous assurer que ce Cygne après son crime, aura été conscient du sort que sa victime a pu subir, puisque ce n'est qu'en le tuant totalement qu'il pourra vivre sereinement et donc, il doit être certain qu'il aura été en attente pour savoir ce qui s'est passé avec Bird.

"Cela, seule la presse a pu le lui dire et ce n'est pas une illusion de dire qu'elle était au courant d'elle, et qu'elle aura lu comment mon partenaire a été arrêté mourant et emmené à l'hôpital. Ne sachant pas qu'il est mort, il sera obligé de se cacher, au cas où Bird aurait pu témoigner en le dénonçant et parce qu'alors, Swan saurait qu'il a été trompé et pourra le chercher pour lui demander des comptes sur ce qu'il a fait avec lui. Si possible, je vous demanderais une faveur.

"Lequel?

« Qu'il publie ici dans la presse, un communiqué très visible, dans lequel il est annoncé que le mourant qui a été retrouvé dans le Callejón de los Sauces, est décédé après plusieurs jours d'inconscience, sans pouvoir déclarer ou identifier son Cela, qui peut être lu par Adam, le rassurerait au point d'abandonner les ténèbres et de se montrer à nouveau dans la lumière. sûr que personne ne pourrait l'accuser du crime et du vol, et même Swan lui-même n'aurait rien à lui reprocher, puisque l'achat serait assuré.

Il se peut que mon idée soit inutile, mais il se peut aussi que ce soit un bon appât pour le forcer à mordre dedans. Comme ça ne fait de mal à personne de publier la nouvelle comme ça, si ça marche, ça nous aiderait à localiser ce type, puisque, se croyant à l'abri de tout danger, il n'hésiterait pas à se montrer en public comme s'il n'avait rien fait.

Le shérif, après avoir réfléchi à la suggestion, a déclaré:

"Je pense qu'il a raison. Tout ce qui peut arriver, c'est que cela ne sert à rien, mais rien ne se perd en essayant. Aujourd'hui, je vais parler avec le directeur du journal ici, je vais expliquer ce que je veux et lui demander de publier les nouvelles. Je Je suis sûr qu'il le fera, car si cela fonctionne, ce serait un bon rapport pour lui à une date plus ou moins éloignée.

« Merci, et comme je ne pense pas qu'on puisse faire plus pour le moment, je vais vous quitter, même si je viendrai vous rendre visite pour voir quelles nouvelles nouvelles vous pouvez apporter.

"J'ai l'intention de rester quatre ou cinq jours de plus, pour voir s'il se passe quelque chose qui clarifie la situation et si ce n'est pas le cas, je retournerai en ville pour faire rapport à mes compagnons, mais avec la ferme intention de revenir ici encore et ne pas bouger jusqu'à ce que tout soit résolu ou que nous perdions l'espoir de l'obtenir.

Mon voyage servira à mettre mes compagnons en garde pour qu'ils ne soient pas surpris par Swan s'il s'y présente et essaie de les convaincre d'acheter ses parcelles, même à bas prix. Ils ne pouvaient pas pour le moment, car nous n'avons pas d'argent et nos récoltes sont stockées sans encore être vendues, mais peut-être cherchait-il une astuce pour les traquer.

Et s'il est présenté avec des gens prêts à s'imposer par les braves, ils sont prêts à répondre sur le même ton.

« D'accord. Je vais au journal maintenant et déposer mon rapport afin que mon commissaire puisse le porter à Sterling et le remettre au shérif. J'espère que sur le terrain, ils réaliseront quelque chose de plus qu'à distance.

Leslie dit au revoir au shérif avec une forte poignée de main et retourna à l'auberge.

Maintenant, il ne se sentait plus aussi pessimiste qu'avant. Le statut de Bird semblait prometteur et tout ce qui était découvert semblait être un socle solide sur lequel s'appuyer sur des actions futures, qui les conduiraient au succès auquel ils aspirent. Ce qui le rendait le plus amer, c'était d'être loin de Margaret et de penser à l'angoisse qu'elle pouvait ressentir en ignorant où elle se trouvait et ce qui pourrait lui arriver, mais les événements l'exigeaient et il ne pouvait pas revenir sur la gestion qui avait commencé.

Le lendemain, comme le shérif l'avait promis, le journal local publia de manière bien visible et en caractères marquants, la nouvelle de la mort de Bird. Il était souligné dans le texte qu'il n'avait pu faire aucune déclaration, on ignorait donc qui il était et qui aurait pu le tuer.

C'était l'appât mis en place pour voir si quelqu'un allait mordre.

Adam était le poisson qu'ils espéraient attraper avec le faux hameçon, car s'il lisait le lâche, il se considérerait complètement en sécurité et sans aucune responsabilité.

Le commissaire du shérif sortit pour accomplir sa mission et les premiers rapports concernant la personnalité de Swan arrivèrent le lendemain.

Selon le shérif, il était répertorié comme marchand de bétail, mais il y avait des doutes sur son honnêteté en tant que marchand. Ses affaires étaient exercées en dehors de la ville, le shérif ne savait donc pas comment opérer, mais a souligné qu'à une occasion il était intervenu par une dénonciation de bétail volé. Il s'était couvert en montrant un reçu, qui mentionnait un éleveur comme vendeur, bien qu'il ait été découvert plus tard que le reçu avait été falsifié.

Swan avait échappé à un sérieux dégoût, affirmant qu'il avait acquis le bétail de bonne foi, estimant que la vente avait été faite par le chef d'équipe, qui lui avait remis le reçu. Le faux contremaître n'a pas pu être localisé et l'affaire a été laissée sans suite.

Swan avait une équipe d'une demi-douzaine d'hommes qui s'occupaient de conduire le bétail, mais aucun d'entre eux n'était du village, il n'y avait donc rien qu'il puisse dire à propos de cette équipe.

Cela n'a fait qu'augmenter les craintes du shérif à propos du dealer. Il était de plus en plus convaincu qu'il avait acheté le terrain en sachant que la vente n'était pas légale, même s'il ne se doutait pas que l'affaire était dans un état aussi désordonné et dangereux.

Deux jours plus tard, il a reçu un nouveau rapport. Swan avait quitté le village avec deux autres hommes qui étaient censés être des membres de son équipe, mais la direction qu'il avait prise était inconnue.

Puisque le shérif avait ordonné à son shérif de le suivre, il était persuadé qu'il ne perdrait pas sa trace et pourrait lui envoyer un rapport plus utile.

Pendant quatre jours de plus, la situation n'a pas changé et Leslie, déjà nerveux, voulant se voir dans ses champs, même si ce n'était que pour quelques jours, a rendu visite au shérif pour lui faire part de son intention de partir, mais avec l'idée de revenant dès qu'il a informé ses compagnons de tout ce qui s'est passé.

"Je pars demain matin", a-t-il dit, "mais avant de partir, je voudrais rendre visite à Bird pour voir comment il va et j'espère que, s'il reprend connaissance en mon absence, vous prendrez soin de lui et lui direz lui tout, qu'avons-nous fait, préviens-le que je dois revenir dans dix ou douze jours et que je resterai ici jusqu'à ce qu'il se porte bien et puisse commencer le voyage vers Abilene.

"Ne vous inquiétez pas, je vais m'assurer que vous êtes bien informé et bien soigné.

Lorsqu'ils se sont rendus à l'hôpital en milieu d'après-midi, Leslie a été agréablement surpris. Selon le médecin, le patient avait commencé à montrer des signes de vie ce matin-là et à deux reprises, il était vaguement conscient de son environnement. Le médecin était persuadé que s'il continuait ainsi, il pourrait peut-être faire une déclaration le lendemain, bien que de courte durée.

Cela a forcé Leslie à retarder son départ d'un jour de plus. Si Bird parlait, le lendemain, il pourrait partir pleinement informé de ce qui s'était passé.

Et avec une impatience dévorante, il laissa passer les heures du lendemain, jusqu'en fin d'après-midi où lui et le shérif retournèrent à l'hôpital.

Encore une fois, le médecin traitant Bird les salua en disant :

« Il a plutôt bien réagi et coordonne ses propos. Il m'a posé plusieurs questions auxquelles j'ai refusé de répondre, pour ne pas le fatiguer. Je vous ai dit que ce soir je vous donnerais la permission de parler, mais très peu.

Il les conduisit dans la pièce où se trouvait le blessé. Il avait meilleure mine, car quelqu'un avait rasé la barbe emmêlée qui couvrait son visage. Il avait maigri et ses yeux étaient très brillants, mais il montrait le courage de son humanité à toute épreuve.

Sentant des pas dans la pièce, il tourna la tête et, reconnaissant son compagnon d'exil, il murmura :

« Leslie !... Toi... ici... !

Il s'approcha, lui prit la main moite et avec un accent qui se voulait ferme mais tremblait, dit :

« Écoute-moi, Bird, oui, c'est moi et je suis là comme tu le verras, mais je vais te demander une chose. Le médecin nous a autorisé à le voir et à lui parler, car il est essentiel que nous sachions quelque chose sur ce qui lui est arrivé, mais avant qu'il nous le dise, il devra m'écouter pour lui dire comment je suis là et ce qui s'est passé. s'est passé depuis que vous êtes tombé blessé jusqu'à maintenant. Mon histoire vous évitera de vous poser des questions fastidieuses et vous limitera seulement à nous raconter ce qui s'est passé. Par conséquent, écoutez-moi et ne parlez pas.

Leslie lui fit un récit détaillé de toute son odyssée depuis qu'il avait décidé de quitter la ville pour se rendre à Hitchinson pour savoir ce qui lui était arrivé, puis toutes les démarches entreprises jusqu'à ce moment.

L'ancien caravanier grossier a fait d'énormes efforts pour parler et pour réprimer la colère qui le dominait et à deux reprises lorsqu'il a essayé de parler, le médecin qui l'a soigné a coupé son geste en disant :

« Ne parlez pas encore, ou vous me forcerez à envoyer ces messieurs hors d'ici. Son état ne permet pas encore certaines libertés.

Quand Leslie termina son histoire, le vieil homme d'une voix rauque :

"Merci Leslie, tu es très bonne et je ne paierai jamais...

« Arrêtez d'utiliser des mots inutiles et racontez ce qui s'est passé, mais de la manière la plus concise possible.

Bird a raconté comment elle avait trouvé Adam et comment ils s'étaient salués après des années sans se voir. Il avoua avec colère que peut-être à cause d'avoir bu quelques whiskies avec Adam, sa langue avait parlé plus que nécessaire et comment cette nuit-là, après avoir dîné ensemble alors qu'ils traversaient la ruelle sur le chemin de l'auberge, il s'était senti blessé et perdu. conscience. sans rien savoir plus tard.

Ce n'est que lorsqu'il reprit connaissance que son imagination s'efforça de chercher la raison de cette attaque inattendue et qu'il se douta de la vérité. Adam a tenté de l'assassiner pour voler tous les papiers et fouiller le pays au nom d'un autre.

Le shérif l'obligea à se taire en disant :

« Eh bien, ne parlez plus et répondez simplement à quelques questions. Adam vous a dit qu'il travaillait pour un marchand de bétail, n'a-t-il pas dit le nom du marchand ?

« Il ne l'a pas dit, et cela ne m'intéressait pas non plus :

« Eh bien, je soupçonne qu'il travaillait pour Swan et faisait partie de son équipe. Cela éclaircit certaines taches sombres et Swan va être très compromis pour sortir de la transe avec brio.

« Je suis maintenant convaincu qu'il travaillait pour ce type et que ses activités n'étaient pas très légales. Donc, parce qu'il travaillait pour lui, il a proposé de vendre le registre, sachant qu'il s'exposait à beaucoup de choses sérieuses s'il tentait d'exploiter le produit du vol.

«Nous allons à nouveau tendre la main à Swan pour le forcer à délier sa langue. Il doit en savoir beaucoup sur Adam et il doit nous le dire.

«Pour le moment, vous n'avez pas à vous inquiéter ou à vous tourmenter en pensant à ce qui s'est passé. Nous espérons clarifier les choses pour que ce dossier soit annulé et devienne votre propriété comme il se doit.

Bird prit la main du shérif et marmonna :

"Obtenez-le pour ce que vous voulez le plus, shérif, parce que si vous ne l'obtenez pas et que mes collègues perdent leurs terres à cause de ma bêtise, cette vie que les médecins ont insisté pour coller à mon corps, ne me serait d'aucune utilité et moi-même je l'arracherais en punition de mon erreur.

« Ne soyez pas pessimiste et calmez-vous. Je répète que les choses sont sur la bonne voie et que tôt ou tard tout sera résolu.

« Qu'il en soit ainsi, Bird » déclara Leslie. Et ne fais pas de bêtises. Je pars demain pour informer mes collègues de ce qui se passe, mais dès qu'ils seront informés, je reviendrai, vous ne pourrez pas partir d'ici quinze ou vingt jours et nous espérons que d'ici là tout sera réglé et tu reviendras avec moi sans soucis.

« Qu'il plaise à Dieu, et non pour moi, mais pour vous.

Leslie et le shérif ont dit au revoir au blessé, et dans la rue, le second a dit :

« Je crois qu'en effet, vous devriez retourner dans vos terres et laisser cela entre mes mains. Swan est bien attaché et je prendrai soin de mieux l'attacher. Tout dépendra de la localisation d'Adam et je remuerai ciel et terre pour qu'ils le trouvent quelque part.

Leslie le remercia de l'intérêt qu'il portait à cette affaire et se prépara à partir le lendemain. Il avait hâte d'y retourner et de ne pas perdre de vue ce couple de coquins qui s'était mis à les ruiner.

CHAPITRE VIII

UNE TENTATIVE ÉCHOUE

A Abilene, l'inquiétude régnait toujours et non pas à cause de Leslie dont le retour n'était pas encore attendu, mais à cause de ce qui aurait pu arriver à Bird et à cause de l'inconnu lié au fait de ne pas savoir si leurs terres avaient été dûment enregistrées ou non.

Jusqu'à cinq cavaliers, qui s'y sont arrêtés en contemplant le panorama et en faisant des signes de la main comme s'ils envisageaient d'y installer un nouveau colon.

Le troisième membre du comité nommé pour régler les problèmes qui pourraient survenir entre eux s'est alarmé et comme il était aussi un homme dur et violent, il a décidé de sortir à la rencontre des nouveaux arrivants, de leur demander ce qu'ils faisaient là et ce qu'ils étaient à la hauteur.

Le quintette était composé de Swan lui-même et de quatre pions de son équipe. Le marchand s'était décidé à ne pas baisser les bras, et, dédaignant les avertissements du shérif, il s'était mis à prendre possession du terrain et à sonder l'esprit des colons.

Il a essayé de les intimider et, plus tard, de les temporiser et de leur déchirer des baux lorsqu'ils étaient convaincus qu'ils avaient perdu le droit de considérer cela comme le leur. Il a dû manœuvrer rapidement avant que Leslie ne revienne, sachant qu'elle était toujours dans le village quand il l'a quitté.

Le colon nommé Martyn Dickson s'avança et après les avoir accueillis froidement, leur demanda :

« Voulez-vous me dire ce que vous faites ici ?

" Pourquoi pas ? " Demanda Swan en souriant. " Nous étudions le terrain pour décider où nous allons construire mon ranch.

« Je crains que vous ayez fait une erreur, messieurs. Ce n'est pas du terrain libre, bien au contraire. Il appartient à notre communauté de colons et le ranch qui sera bientôt construit ici sera notre propriété.

"Je crains que vous ne vous trompiez, monsieur," répondit froidement Swan. Cette terre et tout ce que vous possédez est ma propriété. Je l'ai acheté il y a trois semaines à son propriétaire légitime, selon le cadastre de Hutchinson, et c'est le mien. Si vous avez des doutes, j'apporte avec moi les documents qui me certifient le propriétaire absolu de tout cela et bien que j'aie l'intention d'établir un ranch ici pour mon bétail, je n'ai pas l'intention de les chasser d'ici, s'ils acceptent de nous acceptons en signant des contrats de location. J'aime vivre en paix avec les gens, mais j'aime aussi tirer le bon produit de ma propriété.

Le colon, qui l'avait écouté la bouche ouverte et un étrange tremblement dans tout le corps, balbutia :

« Qu'est-ce que… qu'est-ce que ça dit ? Qu'est-ce que… c'est le tien ?

« J'ai dit cela et j'apporte la documentation qui le prouve. Je l'ai acheté à celui qui l'avait dûment enregistré à son nom et je peux vous montrer les papiers pour qu'il n'y ait aucun doute.

Le colon fut abasourdi un instant. Son premier soupçon était que Bird les avait trahis, enregistrant tout à son nom, pour le vendre et s'échapper avec le produit du pillage. Cela justifiait qu'ils n'avaient plus eu de ses nouvelles et qu'au lieu de subir un accident, ce qu'il avait fait était quelque chose d'indicible.

Mais refusant de l'admettre, il s'écria :

« Qu'est-ce que ça dit ? Quel Victor Bird l'a enregistré à votre nom et vous l'a ensuite vendu ?

« Victor Bird ? Je ne sais pas qui est cet homme. Le dossier a été vérifié par un certain Adam Greene, qui est celui qui me l'a transmis.

Martyn respira avec un certain soulagement, en réalisant que son compagnon n'avait pas été un traître, et avec énergie, il répondit :

« Excusez-moi de dire que nous n'admettons pas que c'est votre propriété. Le dossier a dû être vérifié par notre collègue Bird, qui est parti d'ici avec la documentation précise et il doit y avoir un malentendu de votre part.

« Pour ma part il n'y a pas de malentendu, monsieur, voici le registre et le lieu désigné. Tout ce qui fait partie de cette petite vallée, y compris les parcelles et la ville appelée Abilene, est inclus dans la feuille d'enregistrement. Vous pouvez le vérifier vous-même.

Et sortant de sa poche un dossier avec divers papiers, il le tendit en disant :

« Voyez-les et dites-moi si vous pensez qu'il y a confusion.

Le colon, sans quitter son étonnement, prit les papiers et les examina. Il n'y aurait pas de confusion, puisqu'il y avait un petit plan et les limites des parcelles.

Renvoyant le dossier, il répondit :

« Vous aurez raison, monsieur, mais je pense que vous vous êtes fait arnaquer. C'est très à nous et nous ne voulons permettre à personne de venir nous le prendre après avoir sué sang sur ces terres abandonnées.

«Ce sera comme il est dit, mais en deux ans, ils ont eu le temps de les enregistrer. Si quelqu'un était au courant d'un tel abandon et l'a enregistré à son nom, c'est de votre faute. Je sais seulement que je l'ai acquis légalement, comme le montre ce disque et le reste m'importe peu.

« Je vous offre la possibilité de parvenir à un accord bénéfique sans regarder en arrière, mais en respectant le présent, si vous le rejetez, pire pour vous car alors vous m'obligerez à faire appel à d'autres moyens moins amicaux pour défendre ce qui m'appartient.

« Nous ferons également appel à ces médias pour défendre ce qui est plus le nôtre que le leur, même s'ils pensent le contraire.

« Vous me défiez ? Swan a demandé agressivement.

« Vous nous défiez que ce n'est pas la même chose. Ici nous avons cloué nos talons il y a deux ans et ici ils le resteront tant que nous aurons le courage de le défendre. Ce n'est qu'avec les pieds en avant qu'ils peuvent nous sortir de ces champs.

"Et c'est mon avis, je peux vous dire que ce sera celui du reste de mes coéquipiers. Je vais vous rendre compte de sa réclamation, mais je soupçonne qu'il a très peu de chance de s'installer sur cette terre un seul bétail , pas un seul journal pour construire ce ranch.

"Nous verrons cela. J'ai la force légale pour cela.

« Nous avons une autre force plus expéditive.

« Tu penses que je ne peux pas l'avoir ?

"Je ne sais pas, mais cela se verra en temps voulu. Par conséquent, si vous voulez éviter de verser inutilement du sang, sortez d'ici et il n'y aura pas de combat.

« Je sais aussi garder les talons au sol quand je décide de les clouer fort.

"Eh bien... vous voilà avec les conséquences.

Et se retournant, il s'éloigna des champs, pour informer ses compagnons des prétentions de Swan.

Il était furieux de l'attitude énergique et agressive du colon. Si ses compagnons adoptaient la même mauvaise attitude, il pourrait mener à bien sa bravade de ne pas abandonner cela, alors qu'avec cette petite poignée d'hommes, il ne pourrait pas affronter une centaine de colons enragés.

Martyn n'a pas tardé à faire passer le mot pour que tout le monde se rassemble immédiatement sur la place de la ville. La réunion était de nature urgente et aucune minute ne pouvait être perdue.

Margaret, se comprenant, courut à la recherche de Martyn en lui demandant :

« Que se passe-t-il ? Que veulent ces hommes ?

Le colon lui fit un bref récit de l'affaire, alors que les colons arrivaient et que la jeune femme tendue, s'exclama :

« Comment cela se peut-il, Martyn ? Si nos terres ont été enregistrées au nom d'un autre, il faut admettre que c'est parce que Bird a été tué et ses papiers volés. Bird était un homme intègre, incapable de commettre une telle trahison.

« C'est ce que je pense, mais quoi qu'il en soit, les terres ont été enregistrées au nom de quelqu'un d'autre et vendues à ce type. Il a dû en être ainsi, Margaret.

"Mais... comment Leslie n'a-t-elle pas découvert cela et est-elle déjà venue le découvrir pour que nous sachions ce qui s'est passé ?

"Je ne sais pas, mais... vous devez avoir confiance qu'il ne restera pas inactif et qu'il s'efforcera de clarifier l'affaire. Leslie est tout à fait un homme et saura comment procéder selon les circonstances.

« Je l'ai toujours cru ainsi, mais... si rien ne peut être fait pour éviter cette dépossession, que pouvons-nous faire pour défendre ce qu'est notre vie ?

« Il n'y a qu'un moyen ; défendre avec les armes à la main.

« Oui, mais contre la loi, bien que cette loi ne soit pas la loi légale.

« Nous allons nous exposer. Entre mourir abandonné dans la prairie, ou les armes à la main, ce dernier est préférable.

« Cet homme fera appel aux autorités. Ils vous protègent.

« La loi est loin d'ici et pas un ou deux shérifs n'accompliraient quoi que ce soit. Je doute qu'il puisse envoyer une escouade de cavalerie pour nous tirer d'ici.

C'est malheureux ce qui arrive, mais nous devons nous armer de courage et faire face à tout pillage. Avant longtemps, Leslie reviendra et il nous informera pleinement et nous dira quoi faire.

« Pensez-vous... que... va revenir ? demanda-t-elle, désemparée.

Pourquoi ne devrait-il pas?

« Et si... ils lui avaient tendu un piège, comment auraient-ils pu le tendre à Bird ?

"Leslie a été prévenu et n'est pas un vieil homme confiant comme Bird, mais un homme trop intelligent. Je n'ai aucune crainte pour sa vie.

« Que Dieu vous entende, c'est ce que je vous demande.

Martyn se sépara de la jeune femme pour rejoindre le reste des colons sur la place. Ils avaient tous deviné qu'il se passait quelque chose de grave, alors qu'ils avaient été convoqués de toute urgence.

Martyn les informa brièvement de la raison de la présence de ces hommes dans la prairie et des droits qu'il prétendait posséder leurs terres.

Le tollé que les nouvelles du produit étaient énormes. Ils ont tous levé les bras au ciel avec les poings serrés et ont juré que seuls les morts-vivants seraient arrachés de là. Lorsque le colon a fini d'expliquer ce qui se passait, quelqu'un a demandé :

« Comment cela a-t-il pu arriver ? Que fait Leslie qui n'est pas déjà là pour nous informer ?

« Quand il ne sera pas venu, ses raisons le seront. Notre mission n'est pas de comprendre les revendications de ces personnes et d'attendre leur retour pour apprendre beaucoup de choses que nous ignorons, mais ce qui est urgent c'est de ne pas permettre à ces personnes de prendre possession de la prairie, je vous propose de prendre vos armes et tout d'entre nous ensemble présentons-les pour les inviter à disparaître.

Et s'ils refusent ?

« Alors, pire pour eux ; Nous allons les tirer.

Personne n'a refusé de suivre les instructions de Martyn et, exigeant leurs armes, ils ont quitté le village pour se diriger vers la prairie.

Lorsque Swan remarqua l'attitude déterminée des colons, il ressentit un frisson de peur. Une centaine d'hommes armés, c'était trop d'hommes à gérer, surtout lorsqu'ils étaient sous l'emprise de la surprise et de la rage.

" Attention ! " Il a prévenu. " Que personne ne s'énerve et tire s'il n'essaye pas. Laisse-moi parler.

Le groupe de colons s'avança, brandissant des revolvers ou des fusils. Ils étaient vigilants au cas où ils seraient emportés par des coups de feu. Lorsque le groupe compact se trouva à vingt pas de Swan, qui s'était un peu avancé avec ses pions derrière lui, ceux-ci aussi avec des revolvers armés, il cria :

« Ne soyez pas fou et déposez ces armes ! La force n'est pas la raison et à tout moment ils peuvent subir les conséquences de laisser leurs nerfs bondir.

« Je suis venu en paix et avec le désir de parvenir à un accord avec vous. Ce n'est pas en filmant comment certaines choses sont réparées.

Martyn répondit indifféremment :

« Il nous a déjà expliqué ses raisons et j'ai expliqué les nôtres. Il n'y a qu'une seule solution; Soit ils quittent ces terres dans les cinq minutes, soit nous les abattrons et ne leur donnerons aucune nouvelle chance de revenir.

"Pensez-vous que vous avancez quelque chose avec ça? Je peux retourner auprès des autorités pour les forcer à évacuer leurs parcelles et s'ils m'obligent à le faire, alors il n'y aura pas de règlement. Je serai cruel et n'en permettrai pas un seul Je pense qu'il vaut mieux être d'accord que de se battre.

Mais Martyn répondit énergiquement :

« Il n'y a pas de pacte qui vaut la peine. Soit ils partent, soit je leur ordonne de tirer. Décidez-vous tout de suite.

Le moment était terriblement tragique. Les colons semblaient prêts à exécuter l'ordre de celui qui les commandait et tous se rendirent compte que c'était une folie suicidaire d'accepter le combat.

Mais pour Swan, c'était une humiliation qu'il avait du mal à accepter. Premièrement, pour la partie morale et deuxièmement, parce qu'il craignait que, s'il était obligé de s'absenter dans la prairie, les choses pourraient mal tourner pour lui et si Adam était découvert, il finirait par avouer certaines choses qui invalideraient cette propriété contestée. record, lui faisant perdre les dix mille dollars qu'il avait payés.

Mais pour l'instant, la force brute était du côté des colons et rien ne pouvait s'y opposer.

Enragé a répondu :

« D'accord, vous l'avez voulu ainsi et ce sera le cas. Un jour pas loin, je viendrai avec la force nécessaire pour imposer mes droits et ce jour-là ils réaliseront à quel point ils ont été fous de ne pas accepter mes propositions. Lorsque vous possédez quelque chose qui ne vous appartient pas légalement, tôt ou tard, vous en êtes dépouillé.

« Une demi-minute s'est écoulée, monsieur. S'il perd l'autre support en gaspillant du verbiage, il nous force à tourner. Réfléchir

Je réfléchissais et Swan se tournant vers ses hommes dit :

« Allons-y, mais laissons-les penser que nous ne le ferons pas pour toujours. Vous aurez bientôt de nos nouvelles.

Le groupe tira sur les brides de leurs chevaux et tourna les hanches, quittant le pré.

Les colons avaient gagné la première escarmouche, mais cela ne signifiait pas grand-chose. Ils se sont rendu compte qu'ils étaient face à la Loi et que c'était très dangereux si le trafiquant faisait appel à toutes les ressources qui le favorisaient, pour conclure en chassant tout le monde de leurs complots à coups ou à coups.

Mais ils étaient têtus et désespérés. Ils défendaient la terre mère, celle qui était la leur, celle qu'ils avaient arrosée à la sueur de leurs fronts, et ils ne pouvaient céder sans combat le fruit de cet immense effort accompli.

* * *

Un jour plus tard, Leslie, ayant terminé la première partie de son travail à Hitchinson, retourna au village désireuse d'arriver le plus tôt possible pour informer ses compagnons de la nouvelle qui s'était produite et les rassurer sur sa personne.

Elle le fit à cheval, comme elle était partie, car la charrette la laissa en ville pour le moment où elle pourrait revenir et ramener Bird encore en convalescence.

Il était à plus de trente milles de la ville marchant le long d'une route déserte, quand au loin et chevauchant dans la direction opposée, il découvrit un groupe de cavaliers qui semblaient suivre la voie Hitchinson.

Le colon a été surpris par la découverte. Cette route en ligne droite vers Abilene n'était pas fréquentée, et la présence des cavaliers ne l'impressionnait pas.

Reviendraient-ils de leur village ? Y étaient-ils allés avec l'intention de piller ? Il pourrait s'agir d'une petite bande de voleurs et, dans ce cas, il ne serait pas commode qu'il soit découvert, car le moins qui puisse arriver était qu'ils l'attaquent et volent sa monture.

Et si cela arrivait, trente milles à pied, c'était beaucoup de milles à parcourir au mieux.

Il trouverait un endroit pour se cacher et essayer d'apercevoir les cavaliers.

Il tourna rapidement sur sa gauche, cherchant à se protéger de quelques rochers qui s'élevaient presque jusqu'au bord du chemin. Ils étaient assez grands pour le cacher, lui et son cheval.

Mais malgré la rapidité avec laquelle il exécuta la manœuvre, il ne put empêcher l'un des cavaliers de le découvrir alors qu'il se cachait précipitamment.

Le cavalier s'adressant à Swan s'exclama :

« Patron, un cavalier arrivait là-bas et il s'est caché derrière ce conglomérat de pierres. Pensez-vous qu'il pourrait s'agir d'un voleur solitaire essayant de nous attaquer par surprise ?

« Avez-vous remarqué le cheval ? demanda-t-il soudain.

« Oui, mais pas très bien. Il est de couleur violette et a une bonne hauteur.

Swan sourit étrangement. Il venait de penser à Leslie, dont il avait vu le cheval aux portes du bureau du shérif et le jugeant dangereux, avait caché qu'il rentrait dans ses terres pour rendre compte à ses compagnons des mesures prises par le shérif, pour invalider son droit de disposer de ce qu'il avait acquis avec de si mauvais arts.

Et s'il le laissait y arriver, alors il pourrait dire adieu à l'intimidation des colons et extraire faussement une partie plus ou moins importante de l'argent qu'il avait versé à Adam et qu'il était voué à perdre.

Et il devait l'éviter. Personne ne savait (ou du moins il le croyait) qu'à cette époque il rendait visite aux colons ; Par conséquent, si par la suite une fausse coupe était faite et que cela pouvait être corroboré par leurs ouvriers, alors cela laisserait les colons dans l'ignorance de ce qui s'est passé et pourrait continuer à les menacer.

Il a dû supprimer Leslie. Plus tard, lorsque son cadavre a été retrouvé si loin de Hitchinson, comme dans ces terres encore à moitié désolées, il n'y avait aucune autorité à proximité, qu'ils découvrent qui l'avait tué.

Et se tournant vers celui qui avait sonné l'alarme, il dit :

"Ce n'est pas un voleur, mais pour moi, c'est quelque chose de pire. J'ai besoin de l'éliminer si je veux avoir l'esprit tranquille en m'installant dans ce pré où l'on peut cacher le bétail en toute impunité ; Vous allez m'aider à le liquider. J'ai cent dollars pour chacun si on s'en sort.

"Qu'y a-t-il à faire?

« Pour l'instant, continue de marcher lentement, comme si on ne t'avait pas vu.

Quand nous arrivons aux rochers, vous avancez tous les deux en les dépassant, alors que nous sommes tous les trois à la traîne et quand je siffle, certains à sa droite et d'autres à sa gauche, nous l'entourons et lui tirons dessus. Vous devez croire que nous ne vous avons pas découvert et lorsque vous réaliserez votre erreur, il sera tard.

«Mais en prévision d'un imprévu, mets bien le bord de ton chapeau sur tes yeux, de sorte qu'il ne lui soit pas facile de nous reconnaître. Vous devez vous occuper de tous les détails.

Après avoir pris les précautions imposées par le trafiquant, ils ont continué à avancer, regardant de travers les falaises au cas où ils découvriraient le colon qui les traque.

Leslie, après s'être cachée entre les rochers, a caché son cheval entre deux blocs de pierre et comme elle ne pouvait pas voir le chemin de là, elle a décidé d'escalader un autre bloc de pierres, à partir duquel il serait possible de garder un œil sur le groupe mystérieux .

Cette inspiration allait lui sauver la vie sans s'en rendre compte.

Il atteignit les pierres et caché par l'une d'elles, il put, en jetant discrètement un coup d'œil par l'un d'eux, suivre l'avancée des cavaliers.

Et lorsqu'ils étaient tout près, il n'arrêtait pas de remarquer qu'ils portaient les bords de leurs chapeaux très bas et encore plus qu'en continuant d'avancer, ils les avaient tirés pour les abaisser à la limite.

Et cela le mettait encore plus sur ses gardes. Le détail, où personne ne marchait pour les voir, lui fit comprendre qu'il y avait une raison puissante à cette manœuvre et la raison était qu'ils l'avaient découvert et voulaient passer en le privant de pouvoir voir leurs visages.

De plus, malgré une telle précaution, l'un des cinq attira son attention. Il ne pouvait pas voir son visage, mais à sa silhouette il crut reconnaître le rusé Swan.

Et comme il savait qu'elle avait disparu de Sterling peu de temps avant qu'il ne parte pour le voyage de retour, il ne lui a pas fallu beaucoup d'efforts pour deviner que la raison de son absence avait été de se présenter à Abilene pour contraindre ses compagnons et à qui il savait les y obliger. signer quelque document qui les compromette, en échange de certaines fausses promesses de baux faciles.

Sa première impulsion fut d'attendre qu'ils soient à portée de fusil pour tirer sur le dealer machiavélique, mais il s'est retenu. Il a fallu beaucoup de chance pour en combattre cinq et en sortir victorieux. Il devrait les laisser passer en les ignorant et marcher rapidement jusqu'au village, pour découvrir ce que son ennemi était venu y faire.

Il les suivait attentivement avec le regard d'un aigle et le poulain à la main, quand soudain, il vit comment les deux premiers tordaient le cap de leurs montures en essayant d'atteindre les rochers sur leur côté gauche, tandis que les autres le faisaient sur leur droite .

Et il a compris la manœuvre. Ils l'avaient vu se cacher et essayaient de l'enfermer dans un cercle de revolvers. Et il n'a pas hésité un seul instant. Son Colt a recherché ce qu'il croyait être Swan et lui a tiré dessus. Il a raté le coup, lui manquant parce qu'un de ses pions s'était croisé devant le croupier lorsqu'il a tiré et que la balle avait atteint une cible différente de celle proposée. Le pion, bien touché, tomba brusquement du cheval, tandis que les autres, se rendant compte qu'il n'y avait pas de place pour la surprise, se précipitèrent pour tirer contre la hauteur où Leslie avait tendu une embuscade.

Mais pour le colon assiégé, il y avait une difficulté dangereuse, c'est qu'il ne pouvait pas s'occuper de deux fronts à la fois. Après son tir surprise et la chute du pion, les quatre autres avaient rapidement séparé leurs chevaux du voisinage des rochers et tiraient à distance des deux côtés. Leslie se balançait d'avant en arrière en essayant de garder une trace des deux groupes. Un oubli pouvait permettre à certains d'entre eux de s'approcher et de le traquer plus facilement, puisque la protection du rocher ne suffisait plus que de lui offrir un parapet frontal.

Le colon se défendit du siège avec énergie et en tirant parfois à gauche et d'autres à droite, il semblait imposer le respect aux assiégeants, qui n'osaient pas trop s'approcher de peur de subir le sort de leur compagnon.

Leslie a épuisé la charge de son revolver et a été contraint de perdre le temps précieux qu'il a fallu pour remettre une demi-douzaine de cartouches dans le canon ; le rusé Swan, qui semblait attendre cette pause pour se défendre, quand Leslie cessa de tirer pour recharger l'arme, s'avança avec son cheval à la recherche du point faible d'où l'attaquer.

Et c'est au moment précis que le colon avec le Colt en position de continuer à tirer alors qu'il jetait un coup d'œil par le côté où le dealer s'était avancé, poussa un cri aigu de douleur et laissa tomber le revolver qui, se détachant de sa main, est tombé en rebondissant avec un bruit métallique en heurtant les rochers.

Swan l'avait touché au bras droit, et à cause de la contraction, il avait perdu le revolver. A ce moment-là, il était à la merci de ses ennemis, qui semblaient prêts à l'achever.

Swan, réalisant son succès, cria :

« C'est à nous, les gars ! Vous avez perdu le Colt !

Tous les quatre s'apprêtaient à concentrer leur feu sur le malheureux colon, quand soudain deux détonations tonitruantes, produites non par un Colt, mais par un fusil, vibrèrent et le galop d'un cheval approchant fut capté.

Swan se rendit compte du danger dans lequel ils se trouvaient. Leurs revolvers ne pouvaient pas rivaliser en portée avec une arme de ce calibre, et quiconque viendrait en aide à Leslie pouvait leur tirer dessus en toute sécurité.

Et furieux, il hurla :

« Galopez tout le monde, ne le laissez pas nous rattraper ou nous sommes des hommes morts !

Et le quatuor, abandonnant le siège, entreprit un galop étonnant, étant poursuivi par le fusil de la mystérieuse apparition, mais heureusement pour eux, la mobilité des chevaux les empêchait de toucher aucun d'eux.

Le cavalier hésita un instant entre continuer la chasse ou s'arrêter. Il supposait qu'ils avaient tiré sur quelqu'un caché parmi les rochers et il craignait d'avoir été touché.

CHAPITRE IX

RÉDUIRE LA CLTURE

Celui qui s'est présenté avant de s'approcher des rochers et en prévision d'être attaqué s'il était confondu avec l'un des fugitifs, a crié :

"Qui est là ? Sortez qui que ce soit sans crainte. Je suis l'un des adjoints du shérif Hitchinson.

Leslie; En l'entendant, il respira avec soulagement et jetant un coup d'œil derrière le rocher tout en essayant de contenir le sang qui coulait de la blessure, il répondit :

« J'arrive, commissaire... Attendez un peu.

Il descendit jusqu'à ce qu'il atteigne la partie entière, comparaissant devant le commissaire. Celui-ci, le reconnaissant, s'écria :

"Comment ca va?

« Vous me connaissez bien ? C'est moi qui ai déposé la plainte pour intrusion auprès de votre shérif.

« Bien sûr que je le connais, et c'est moi qui ai choisi le shérif pour qu'il ne perde pas de vue Swan.

"Donc, je n'ai pas été trompé en supposant que l'un de ceux qui composaient le groupe était ce voyou.

« Non, vous n'êtes pas dupe, mais qu'est-ce que c'est ? Avez-vous été blessé?

« Oui, même si je ne pense pas que ce soit important. Ils ont profité du moment où j'avais besoin de recharger le revolver pour venir me tirer dessus. Ils l'ont fait avec une telle chance que, lorsqu'ils m'ont blessé au bras, j'ai perdu le revolver et si vous n'êtes pas arrivé à temps, ils m'auraient achevé.

"Pourquoi?

« Peut-être parce que j'ai été celui qui a découvert tous les mensonges et qui a été le plus déterminé à empêcher ce pillage d'être effectué.

"Eh bien, viens voir cette blessure.

Il l'aida à retirer son bras de la manche de sa veste et l'examina attentivement.

« Ça n'a pas l'air sérieux, comme tu dis. Un coup de balle plus spectaculaire qu'inquiétant. Avez-vous un mouchoir?

"J'en ai deux.

«Nous allons attacher fermement le membre blessé, ce qui est tout ce que nous pouvons faire pour le moment et je suppose qu'il pourra bien tenir jusqu'à ce que nous atteignions le village.

"Je l'espère aussi. Que vas-tu faire?

« Mon devoir n'était pas de me détacher de ce type, mais au cas où vous auriez besoin d'une aide immédiate, je vous ai laissé vous échapper. Il devait choisir entre les deux.

Et je l'apprécie. Et comme il n'est plus facile pour lui de continuer à chasser, je l'invite à m'accompagner au village. Là, nous expliquerons tout ce qui s'est passé et aussitôt que je guéris, nous reviendrons pour entreprendre le retour à Hitchinson. Maintenant, nous ne pouvons vraiment plus nous arrêter et laisser les choses prendre de plus gros vols.

Le commissaire, après un moment de méditation, répondit :

« J'accepte votre invitation, plus que tout parce que j'ai épuisé les fournitures que j'avais dans mon sac de voyage et que je dois les reconstituer pour revenir.

« Dans ce cas, ne perdons pas de temps et prenons la route. J'espère que la blessure ne m'empêche pas de galoper et pendant que nous le faisons, vous m'expliquerez ce qui s'est passé.

Ils montèrent à cheval après avoir ramassé le revolver de Leslie, mais déjà en selle le commissaire dit :

« Un instant. Nous ne pouvons pas oublier qu'un de ses agresseurs est décédé. Je vais fouiller ses vêtements pour essayer de l'identifier et ensuite je le laisserai à moitié caché dans les rochers parmi les rochers.

Il s'empara de ses revolvers et de son cheval. Il l'emmènerait au village et plus tard à Hitchinson.

Lorsqu'il remonta en selle, il se tint à côté de Leslie et ils partirent.

« Êtes-vous très contrarié ? » je demande.

« Non, ça fait mal bien sûr, mais ça peut être enduré. Plus que de penser à la douleur, j'aimerais que vous me disiez ce qui s'est passé.

«Peu de temps, j'ai suivi à distance Swan, qui était rejoint par quatre autres hommes, entre Sterling et Hitchinson, il m'était difficile de pouvoir les suivre jusqu'au village sans être découvert. Déjà là, et caché dans la dépression qui ferme le vallon, j'ai pu observer comment un de ses compagnons est sorti à leur rencontre et parlait avec Swan. Je ne sais pas ce qu'ils diraient, mais je sais que son compagnon s'est retiré pour revenir plus tard accompagné de tous les colons qui se sont présentés armés jusqu'aux dents. Il y eut une violente discussion, mais le quintette, menacé par tant d'armes, décida de quitter le pré et de revenir.

Je les suivais de loin, quand j'ai aperçu la manœuvre faite pour contourner les rochers puis le tonnerre des armes. Je n'imaginais pas que c'était vous, mais qui que vous soyez était obligé d'intervenir et intervient. Je suis arrivé bien à l'heure, car si j'avais négligé quelques minutes je n'aurais pas pu récupérer plus que son corps.

« C'est exact et je vous remercie infiniment pour votre intervention. J'ai été en danger, mais il me semble que ce buharro a fait une grave erreur qui va lui coûter cher. Si j'avais dénoncé qu'il voulait me tuer, je n'aurais rien obtenu car il manquait de témoins, mais étant intervenu, vous êtes une autorité, les choses varient. Nous verrons ce que ce type fait maintenant.

« Ce que je ressens, c'est que j'ai perdu sa trace et qui sait si ce sera facile de la retrouver. En tout cas, vous êtes et serez témoin de mon comportement lorsque je dirai à mon patron pourquoi je n'ai pas pu exécuter vos instructions à la lettre.

« Ne vous inquiétez pas, votre patron est un homme très compréhensif et il comprendra la situation.

« Maintenant, lorsque nous arriverons au village, nous nous reposerons un jour ou deux et reprendrons immédiatement la route. Les choses s'éclaircissent et j'espère qu'en peu de temps elles seront complètement clarifiées.

Leslie et le commissaire durent passer la nuit dans le pré et comme la blessure à son bras dérangeait trop le premier, le commissaire dut dénouer ses mouchoirs et chercher un ruisseau où il pût laver la blessure. Puis elle lui appliqua un cataplasme aux herbes et le banda à nouveau.

Le lendemain dans l'après-midi, ils arrivèrent à Abilene et comme quelqu'un les avait découverts se dirigeant vers là, le mot se répandit rapidement et ils abandonnèrent tous leurs tâches pour sortir à leur rencontre.

Celle qui courait le plus était Margaret, qui en découvrant que Leslie avait le bras attaché avec des mouchoirs et ses vêtements tachés de sang, s'exclama avec angoisse :

« Leslie, pour tous les saints ! Que t'est-il arrivé ?

Il sauta de cheval et la serra dans ses bras en souriant, il répondit :

– Ce n'était rien, ma chère ; une chute de cheval qui m'a fait mal.

« Ne mentez pas, ce sang ne vient pas d'une chute. Vous ... vous avez été abattu.

"Eh bien, c'était en fait une écorchure par une balle, mais ne vous inquiétez pas, ce n'était pas grave. Il y a quelque chose de plus important que ma blessure.

Et face à ses compagnons qui formaient un grand cercle, il s'écria :

« C'est l'un des adjoints du shérif Hutchinson. Je lui dois la vie, car il est apparu à l'improviste lorsqu'un groupe de cinq hommes m'a fait coincer dans des rochers et désarmé pour avoir perdu le revolver.

Martyn s'est avancé en disant :

"Cinq hommes ? Alors... ils ne peuvent être que ceux qui sont venus ici il y a deux jours, avec le prétexte de s'installer dans la prairie, prétendant qu'ils sont les vrais propriétaires de tout ce que nous pensions être nôtre. Qu'en savez-vous , Leslie ?

« Je sais beaucoup de choses et, si je suis revenu, c'est pour te rassurer et te dire de ne pas perdre ton calme ou ton désespoir. La chose est un peu brouillonne pour le moment, mais tout commence à évoluer en notre faveur. Dès que je vous laisse bien informé et avec des instructions précises sur ce qu'il faut faire, nous nous reposerons une journée et retournerons à Hutchinson le commissaire et moi.

" Ne le fais pas ! " S'écria Margaret. " Vous n'exposez plus votre vie. Si le bien ou le mal est pour tout le monde, laissez les autres exposer aussi la leur.

« Bird l'a exposée et est entre la vie et la mort depuis plus de deux semaines, mais heureusement, elle s'améliore et le danger semble s'éloigner. En ce moment, sans ce sens que je me donne pour valoir plus que quiconque, la mission qui reste à résoudre ne peut être accomplie que par moi, car c'est moi qui suis intervenu le plus directement dans cette affaire et qui l'a exposé. Écoutez attentivement ce que j'ai à vous dire et vous vous rendrez compte que c'est moi qui dois continuer les efforts jusqu'à ce que le problème soit résolu.

Comme tout le monde était impatient de déchiffrer l'énigme qui contenait le registre de leurs terres, Leslie les informa de toutes sortes de détails, depuis son arrivée à Hutchinson, jusqu'à ce que le commissaire soit intervenu pour lui sauver la vie alors qu'ils étaient sur le point de l'assassiner.

Un Martyn en colère a plaisanté :

« Quel dommage de ne pas avoir su tout ça avant, car s'ils l'avaient fait, ces cinq buharros seraient restés ici pour toujours !

"Ça n'a pas d'importance," commenta Leslie. Maintenant, Swan aura du mal à se déplacer là où il peut être reconnu. Le rapport du commissaire l'accusant d'avoir tenté de m'assassiner le met hors la loi et il se gardera bien de tenter de nous contraindre à nouveau. Lui-même, étant stupide, s'est coupé les ailes et en aucun cas il ne pourrait continuer à revendiquer ces droits, car il devrait se montrer et il se dénoncerait.

"Bien sûr, cela ne résout pas le conflit, car ce dont nous avons besoin, c'est que cet enregistrement volé soit annulé, à la fois pour Greene et Swan et que les terres qui nous appartiennent nous soient attribuées. C'est ce que je dois retourner à Hutchinson, et vous devez le comprendre de cette façon.

Mais Margaret n'abandonnait pas.

« Et pourquoi quelqu'un d'autre ne pourrait-il pas faire de même ? Vous n'êtes plus en état de voyager à nouveau avec votre bras blessé.

« Je te dis que ce n'est rien et maintenant, quand tu me guériras, tu comprendras.

C'est moi qui ai mené la procédure, qui est en contact avec le shérif et qui connaît Swan et je peux le reconnaître et le découvrir quelque part. En revanche, si l'occasion se présente, je dois lui facturer la lâche embuscade qu'il me tend. Pour toutes ces raisons, mon devoir m'oblige à retourner à Hutchinson et je reviendrai.

Comme il était inutile d'insister, Marguerite dut se résigner et le conduisit à la cabane pour soigner sérieusement son bras, tandis que les colons se chargeaient du commissaire qu'ils invitaient à manger, car l'homme avait faim.

Margaret trouva qu'en effet la blessure de Leslie était plus spectaculaire que grave, et après l'avoir bien lavée et appliqué une compresse bien imbibée d'arnica, elle la banda avec un morceau de drap.

« Êtes-vous convaincu ? demanda-t-il en la tenant dans ses bras.

"Ne...! Je pense que j'ai été sur le point de te perdre et que personne ne peut savoir si ce qu'ils n'ont pas réalisé aujourd'hui, ils le réaliseront un autre jour.

— C'était un accident fortuit, femme. Qui se douterait que ce buharro était là et qu'il allait tomber sur lui à l'improviste ?

«Mais tout comme celui-ci est apparu, un autre peut survenir et ne pas sortir aussi bien que maintenant.

« Les choses varient beaucoup maintenant. Jusqu'à hier, Swan pouvait se déplacer librement, mais après sa tâche et sachant qu'il peut être accusé de tentative de meurtre, il sera contraint de se cacher et ne pourra plus marcher librement. Lui-même s'est mis de la saleté dans les yeux en allant aussi loin dans un effort pour éliminer les obstacles qui l'empêchent de prendre possession de nos récoltes.

"Maintenant, nous devons vérifier les efforts pour localiser Adam, et même Swan, les forcer à parler, avouant le premier son crime et le second qu'il savait que ce qu'il achetait était le produit d'un vol. Ce n'est qu'ainsi que nous pourrons obtenir que l'enregistrement original soit annulé et placé à notre nom, nous libérant à jamais de nouvelles tentatives de pillage.

«Je dois aussi amener Bird avec moi quand c'est terminé et qu'il est apte à voyager. Le pauvre homme a plus que payé la naïveté d'informer son ancien compagnon de la raison qui l'avait conduit à Hutchinson.

« Je vous demande d'avoir la sérénité et d'accepter les choses telles qu'elles se présentent. Si nous n'avions pas fait ce voyage, nous nous serions retrouvés dans une situation désespérée, car il ne m'aurait pas été possible de mettre au jour ce gâchis et un jour nous aurions été dépouillés de ce qui nous est si vital.

Nous nous sommes battus pour sécuriser ces parcelles de terre, la terre mère qui est notre gagne-pain, et pour continuer à la posséder en en tirant le bon produit, nous devons faire toutes sortes de sacrifices. Mais les plus graves, ceux que nous avons pu surmonter, nous offrent un panorama plus prometteur et nous ne devons pas nous arrêter à mi-chemin en exposant qu'ils nous dépouilleront de tout.

« Quand cela s'éclaircira et que les choses seront à leur place, nous nous marierons, nous consacrerons tous nos efforts à consolider ce qui a été accompli et nous serons aussi heureux que nous l'avons rêvé, car la terre mère continuera à nous donner ses fruits, qui est reconnaissante et sait donner à ses enfants, tout le trésor qu'elle cache dans ses entrailles, quand ses enfants prennent soin d'elle avec l'amour qu'il faut mettre en une mère.

Margaret n'arrivait pas à trouver les mots pour réfuter ceux de son fiancé. Elle était aussi une fille de la Terre Mère et elle ne pouvait ignorer qu'elle devait la défendre avec toute la ténacité d'un vrai fils.

"Tu as raison, Leslie" finit par avouer. Mais, quand je pense que, pour le défendre, tout ce qu'il peut vous donner comme récompense est un trou couvert dans cette terre pour laquelle nous nous battons tant, ma chair s'ouvre.

«Je le réalise, mais Dieu est bon et juste et sait couvrir de son manteau ceux d'entre nous qui luttent honnêtement pour vivre et ne veulent rien de plus que ce qui est à nous.

«Je suis sûr que cela se terminera bien et bientôt et qu'aucune nouvelle menace ne surgira. Laisse-moi finir la mission commencée et sois tranquille, car je saurai veiller sur ma vie, non seulement pour moi, mais aussi pour toi, qui pour moi est tout ; tu es le complément de cette terre mère de nos amours, car moralement tu es le meilleur fruit qu'elle m'ait accordé.

Le lendemain, Leslie et le commissaire l'ont passé dans le village à tout préparer pour le nouveau voyage. Les colons prenaient soin de leur préparer à manger pour un si long voyage et ce repos leur convenait très bien.

Leslie a ressenti une gêne dans son bras, mais il a essayé de le manipuler et de manipuler le revolver et a constaté avec satisfaction qu'il n'était pas incapable de manipuler une arme.

Marguerite prit soin de lui faire un paquet de charpie, des pansements et une bouteille d'arnica. Le commissaire promit de le guérir en route, et lorsqu'ils arriveraient à Hutchinson, s'il le fallait, il ferait venir le médecin.

Après cinq jours ennuyeux et épuisants à cheval, ils arrivèrent enfin en ville un après-midi et sans perdre de temps, ils se dirigèrent vers les bureaux du shérif.

Le commissaire s'est empressé d'informer son patron de ce qui s'était passé, justifiant le fait qu'il ne pouvait pas continuer à être jaloux du dangereux trafiquant.

Lorsque le shérif les vit apparaître ensemble dans son bureau, il demanda perplexe :

« Êtes-vous déjà de retour ici, M. Simpson ? Et comment en arrive-t-il à mon commissaire?

Il s'avança pour dire :

« Excusez-moi, patron, mais quelque chose de grave m'a obligé à laisser ce crapaud de Swan échapper à toute surveillance. Je devais le faire si je voulais sauver la vie de cet homme et je n'ai pas hésité un instant à remplir ce devoir. Si je ne l'ai pas fait, prenez les mesures que vous jugez les plus justes.

— Je suppose que lorsqu'il a fait cela, il a dû avoir ses raisons, Abel. Explique toi et je jugerai.

Le commissaire a expliqué comment il avait suivi de loin Swan et ses ouvriers lors de leur visite à Abilene et comment, lorsque le contrebandier est revenu sans succès dans son plan de surprendre les colons, il était arrivé à temps pour les empêcher en surprenant Leslie lors de son voyage de Il est revenu au village, ils l'avaient encerclé et étaient sur le point de l'assassiner s'il n'intervenait pas à temps.

« Vous comprendrez que mon devoir était de vérifier s'ils l'avaient tué, ou s'il était blessé et avait besoin d'aide. J'ai choisi de l'aider et j'ai dû laisser le gang s'enfuir.

— Eh bien, Abel, je n'ai rien à te reprocher, car tu as agi selon ton obligation. Ce buharro peut être localisé à un moment donné, alors qu'un homme blessé ne peut pas saigner sur un terrain perdu. J'approuve sa conduite et je n'ai rien à lui reprocher.

"Ce que je ne comprends pas, c'est comment Swan a perdu le sens de la réalité et s'est lancé dans une entreprise si dangereuse, qui non seulement l'éloigne de plusieurs kilomètres de la propriété de ces terres, mais le place également hors de la question. Law, accusé de tentative de meurtre.

«Je crois qu'après l'effort désespéré qu'il a fait pour intimider mes collègues et arracher leurs baux, il a compris qu'il ne sert à rien de se battre pour maintenir ce privilège si mal acquis et il cherche à se venger de qui que ce soit.

« Le fait que je sois intervenu si opportunément pour saper ses projets l'a irrité contre moi, et quand il m'a reconnu parmi les rochers, il a voulu m'éliminer, peut-être avec l'idée que je ne continuerais pas à me battre pour invalider l'enregistrement. Je ne trouve pas d'autre explication.

"Votre thèse est très réussie et si vous vous êtes lancé dans cette carrière vengeresse, attention, ne le surprenez pas à nouveau dans des conditions pires pour vous. Ce que je ne comprends pas, c'est comment il ne s'est pas retourné contre Adam, qui est celui qui a mettez-le dans ce puits après tout.

« Peut-être qu'il ne sait pas où il est allé et pour cette raison, il cherche d'autres coupables pour son échec.

« C'est possible, mais avec ce que vous venez de commettre, vous devrez disparaître d'ici et renoncer à invoquer tout droit qui pourrait vous bénéficier, afin que la validité de l'inscription soit reconnue. Une faveur à vous car même dans le cas désespéré où Adam n'aurait pas été trouvé pour justifier l'annulation de l'enregistrement, ni Swan ne pourrait légalement s'installer sur votre terrain ou le transférer à un autre, car le registre a l'ordre de ne pas ratifier de nouvelles cessions.

« Oui, mais cela ne résout les choses qu'à moitié. Nous ne serons pas menacés d'expulsion, mais nous ne serons pas considérés comme les propriétaires légitimes de ce qui nous appartient. La situation serait très ambiguë.

« Je le comprends, mais pour le moment il n'y a rien d'autre. Espérons que plus tard, vous pourrez mettre la main sur Green, qui est la clé de tout cela.

"Pour l'instant, je vais envoyer un avis urgent au shérif de Sterling, afin que, si Swan est là, il puisse l'arrêter et l'envoyer bien attaché, et s'il ne l'est pas, voir s'il connaît son où.

Et pour vous, j'ai de bonnes nouvelles. Bird est désormais hors de danger, même s'il devra encore rester à l'hôpital pendant dix ou douze jours. Il se sent très animé et ne fait que demander quand ils le laisseront sortir, pour se consacrer à la recherche du voyou qui était sur le point de l'envoyer sous terre.

«Je le crois capable de toute folie pour se réhabiliter à nos yeux, mais nous ne le permettrons pas. Ce que tu ne peux pas faire, il ne peut pas le faire, et si de l'aide est nécessaire, c'est pour ça que je suis là. J'ai prévenu que je ne retournerai pas à Abilene jusqu'à ce que j'aie résolu cette affaire et maintenant vous ne vous sentirez pas mal à l'aise à propos de mon retard.

"Bien, M. Simpson. Pour le moment il n'y a rien à faire tant qu'aucun indice n'est trouvé. Si vous le souhaitez, vous pouvez aller à l'hôpital rendre visite à votre ami et le rassurer.

« Je vais le faire tout de suite. Je suis très intéressé par Bird.

CHAPITRE X

SWAN PAYE VOTRE FACTURE

Dévorant des kilomètres pour laisser derrière lui l'endroit où de tels événements désagréables avaient eu lieu, Swan arriva à Hutchinson avec ses trois pions, puisque le quatrième avait été parmi les rochers abattus par le tir précis de Leslie, et les rassemblant, il leur donna cent dollars à l'un l'autre.

Prenez ceci pour l'instant ; il y en a peut-être plus pour vous, mais vous devez le gagner.

« Nous n'avons pas eu de chance en ce que ce type qui nous a empêchés de mettre fin à ce buharro est apparu à un moment si critique, et puisque je soupçonne que c'est un commissaire que le shérif a mis sur mes traces pour m'espionner, je ne devrais pas m'exposer pour le moment tant que je ne sais pas dans quelle situation je me suis placé.

« Adam est à blâmer pour tout cela, il m'a piégé en me faisant arnaquer dix mille dollars. Il m'a assuré que la terre était la sienne et qu'apparemment il l'avait volée à ces colons d'une mauvaise manière.

"Ce qu'Adam a pu faire dans ce sens ne m'importe pas, mais cela m'importe qu'il m'ait trompé par rejet, me mettant dans une situation qui devient chaque jour plus sombre. J'ai essayé d'économiser cet argent et les choses sont allées de mal en pis. Je sais que nous devrons quitter le Kansas pendant une saison, pour déménager dans un autre État, mais cela n'a pas d'importance. Je continuerai avec la même affaire et vous continuerez à me servir comme avant, donc vous ne perdrez rien. Après tout, ici nous devenions bien connus et ailleurs nous pouvons continuer à opérer avec moins de risques.

« Mais je ne veux pas disparaître sans avoir d'abord payé ma dette envers Adam. Vous le connaissez bien, vous connaissez les endroits qu'il fréquentait quand il n'y avait pas de travail et ce sera plus facile que pour moi de faire des démarches pour savoir où il peut marcher en ce moment.

«Avec dix mille dollars en poche et avec ce qu'il aimait jouer et fréquenter des filles des tripots, il est sûr de déménager quelque part où il pourra satisfaire ses caprices.

"Je préférerais que vous le découvriez sans qu'il le découvre, mais si ce n'est pas possible et qu'il vous le demande, vous lui direz que je n'ai encore rien fait en ce qui concerne le terrain, car je suis en train de traiter plusieurs points de bétail cela m'intéresse beaucoup et je ne peux pas m'en occuper maintenant.

« Comme je n'irai pas à Sterling au cas où ils me chercheraient là-bas, je vais m'isoler un moment chez un de mes cousins, qui a des champs à Raymond. Celui qui parvient à trouver où se trouve Adam se précipitera dans cette ville pour découvrir la découverte. Tout ce que vous avez à faire est de vous renseigner sur les champs de Kik et vous m'y trouverez.

« Si vous êtes prêt à m'aider dans ce sens, je vous remercierai et je garderai cela à l'esprit, et sinon, dites-le s'il vous plaît afin que je puisse prendre d'autres mesures qui conduiront au résultat que je veux.

Et avec cette promesse de ses pions, Swan se précipita pour quitter Hutchinson, craignant que le commissaire ne puisse revenir rapidement et après avoir rapporté ce qui s'était passé au shérif, émettre des ordres définitifs pour l'arrêter.

La crainte était justifiée, puisque le shérif sévère avait peu de connaissance de ce qui s'était passé sur les rives de Smoky Hill, il s'était précipité pour faire des demandes urgentes pour rechercher Swan et ne pas négliger l'essentielle capture d'Adam.

Le shérif doutait qu'il puisse être facilement localisé, car le crime d'une tentative de meurtre lui pesait, mais Leslie était plus optimiste, croyant qu'il devinait que le misérable péon avait observé ce qui était arrivé à sa victime et que, s'il avait lu la nouvelle de sa mort sans pouvoir ouvrir la bouche pour témoigner, tout danger pour lui s'évanouit avec la mort du caravanier.

Et Leslie ne s'était pas trompé, car Adam après avoir appris que, malgré la fureur mise dans le coup, Bird n'était pas mort, la peur qu'il témoigne en l'accusant l'avait contraint à chercher des abris improbables, jusqu'à ce que, enfin, un jour il avait lu la nouvelle de la mort de Bird dans le journal de Hutchinson, et ce jour-là il avait pris une profonde inspiration.

Il n'avait rien à craindre de l'ancien caravanier ni des autorités ; Et quant à Swan, il devinait que sans personne pour contester l'accord, il ne trouverait pas non plus d'obstacles pour s'installer à Abilene.

C'est alors que, quittant ses abris complexes, il décida de profiter de cette richesse qu'il n'aurait jamais rêvé d'avoir dans ses poches. Il vivrait avec lui une vie princière et, quand elle serait finie, il recommencerait à zéro.

Et sans trop réfléchir, il a décidé de déménager à Wichita.

Cette ville commençait à acquérir la réputation d'être dure et attrayante pour ceux qui avaient peu à perdre et beaucoup à gagner.

Les routes des États qui ont d'abord timidement scruté Abilene dans un grand exploit de mobilité à travers les prairies avaient ensuite été allongées jusqu'à Dodge City et, enfin, cherchant une nouvelle expansion commerciale, jusqu'à Wichita.

Et là, les tripots, les maisons à cote basse, l'environnement fétide et meurtrier dont certains êtres avaient besoin pour respirer librement, avaient surgi comme par charme et c'est là qu'il pouvait trouver le paradis du vice dont il rêvait.

Et un beau jour, il entra dans le nouveau centre d'élevage en suivant les traces d'un fagot qui lui servait de guide pour localiser la ville turbulente.

Wichita n'était pas un Hutchinson, car il gonflait en fait avec le volume du bétail et l'équipement qui l'accompagnait, mais pour un homme comme Adam qui ne cherchait que le plaisir et le vice là où il pouvait être offert, Wichita renfermait tout le charme il pouvait souhaiter.

Les tripots ne pouvaient pas attirer les clients sans quelque chose de spécial pour les attirer, et ainsi, dans chacun d'eux, il y avait un casting de malheureuses filles, qui avaient été plongées dans la boue par leur triste sort et y avaient roulé, elles avaient atteint ce bétail -soulever l'enfer.

Adam s'y trouva à l'aise. La première chose qu'il a faite a été de s'équiper en tant que puissant éleveur dans l'un des entrepôts de la ville et plus tard, montrant à quoi il ressemblait et n'était pas, il s'est consacré à visiter les tripots à la recherche d'une fille qui comblerait ses goûts. , pour la faire participer à sa chance.

Indépendamment de faire l'amour à quelques-uns, il n'a pas cessé de fréquenter les salles de jeux et pendant les premiers jours de son séjour à Wichita, la fortune lui a souri de toutes les manières.

Il avait réussi à intéresser l'une des filles les plus recherchées parmi les nombreuses qui alternaient dans ces havres de vice, et, en plus, il avait eu de la chance sur le tapis vert, obtenant des bénéfices qui, à un moment donné, sont venus doubler l'argent qu'il avait apporté depuis Hutchinson.

Cette chance l'aveugla et il devint bientôt l'un des habitués les plus connus des tripots.

Il dépensait sans impôt, il flattait les filles qui lui plaisaient en leur offrant des cadeaux de valeur ou des remises d'argent, se fiant non à celle qu'il avait apportée, mais à la chance qui l'avait touché de ses ailes jusque-là. Il semblait que dans son aveuglement il croyait que cette manne serait éternelle et ne serait jamais brisée.

Jusqu'à ce qu'un bon jour "mauvais pour Adam" l'un des pions mis en évidence par Swan fasse une apparition à Wichita pour chercher la clé de son ancien pion.

Plus malin que les deux autres, il pensait qu'un homme avec quelques milliers de dollars et un passionné de jeux et de femmes ne pouvait trouver que deux villes à son goût : Topeka ou Wichita, qui commençait à être l'empire. du vice. Et il a décidé de passer d'abord par la ville du bétail. S'il ne localisait pas Adam là-bas, il continuerait vers Topeka, sûr de le trouver.

Et il l'a découvert le deuxième jour d'être dans la ville agitée.

Il ne pouvait éviter de mettre la main à la bouche avec le travailleur persécuté, puisqu'ils se rencontraient à la même porte, quand l'un sortait d'un tripot et l'autre entrait. Adam, surpris, salua son partenaire en disant :

"Diable, George...! Comme vous par ici?

Le pion a rapidement trouvé une justification très plausible.

« Je suis arrivé hier au volant d'une conduite de bétail.

« De Swan ? Adam a demandé avec une certaine inquiétude.

"Oh non...! Swan nous a tous licencié dès que tu es parti. Il avait je ne sais quel genre de difficultés dans le village et il nous a dit qu'il prévoyait de rester inactif pendant quelques mois. Comme nous ne pouvions pas rester les bras croisés, chacun de nous cherchait quelque chose pour gagner de l'argent. J'ai eu de la chance, j'ai trouvé un ami qui cherchait des pions pour conduire un paquet ici et j'ai accroché avec lui.

« Mauvais voyage, n'est-ce pas ?

L'enfer, mais il n'y avait rien d'autre.

« Et maintenant, que penses-tu faire ?

« Retournez avec l'équipe à Hutchinson ; nous partons demain

« Je me rends compte qu'il n'y a nulle part où travailler ici, sinon là-dedans.

« Bien ; et que faites-vous ?

« Vous voyez, me donner une belle vie.

« Je peux le voir. Vous vous habillez comme un potentat.

« J'ai eu de la chance de jouer.

« Apparemment, tu es né avec une bonne étoile.

"Je ne peux pas me plaindre.

« Tu comptes rester ici longtemps ?

« Au moins tant que la chance me sourit et que l'argent dure. Vous trouverez ici ce que l'on ne trouve pas dans de nombreux endroits.

«Je t'envie, mon garçon, mais moi, qui n'ai pas de chance en jouant, je ne peux pas aspirer à me donner une vie comme toi. Je réserverai mon salaire jusqu'à ce que je trouve quelque chose de plus productif.

« Eh bien, ça ne t'empêchera pas d'accepter de dîner avec moi et de sortir dans un joint ce soir. Ne vous inquiétez pas pour mes dépenses.

« Cela étant, j'accepte.

Adam a permis à son ancien partenaire de danser avec l'artiste, non sans l'avertir que si elle lui posait des questions sur sa vie et sa position, il prétendrait qu'il possédait un immense ranch qu'il avait hérité d'un de ses oncles dans l'est du Kansas.

L'ouvrier a pris autant de notes qu'il a pu sur les coutumes d'Adam dans le village et, à l'aube, lui a dit au revoir, affirmant qu'il n'avait d'autre choix que de partir. Adam sortit magnanime une poignée de billets et les lui offrit en disant :

« Ici, au cas où vous vous retrouveriez sans travail pendant un certain temps. Prenez-les sans scrupules, cela m'a coûté très peu de travail pour les gagner.

Le pion les a acceptés. Plus tard, il a découvert qu'il lui avait donné soixante-dix dollars.

Aussi vite que possible, il retourna à Hutchinson, et de là il se dirigea vers le rendez-vous avec Swan. Il attendait avec impatience les deux cents dollars que le marchand lui avait offerts.

Quand Swan le vit apparaître dans les champs de son parent, ses yeux pétillaient de joie.

Bonne nouvelle, Georges ?

"Assez pour que vous me donniez l'argent promis. Je sais où est Adam et je lui ai parlé.

"C'est mal fait, je t'ai dit que...

"Je n'ai pas pu l'éviter. Nous nous sommes affrontés alors qu'il entrait dans un joint Wichita et je suis parti.

« Alors il est à Wichita ?

«Oui, il s'habille comme un potentat, alterne dans les meilleures salles, joue dur et a gagné l'affection de l'une des plus belles beautés de la ville.

« Tu t'amuses bien, n'est-ce pas ?

«Il dit qu'il a gagné beaucoup d'argent aux tables de jeu et, en raison du mode de vie qu'il mène, c'est ainsi que cela devrait être. Il compte y rester indéfiniment, il séjourne à l'« Hotel Kansas » et alterne de préférence dans « The Silver Dollar ».

« Ne vous a-t-il pas posé de questions sur moi ou a-t-il été surpris de vous voir là-bas ?

« Je lui ai dit que vous nous aviez tous licencié, car je prévoyais de rester inactif pendant une saison et que j'avais rejoint une équipe de bouviers. Je lui fis croire que j'étais arrivé l'après-midi précédent et que je partais le lendemain. C'est tout.

"Bien, George. Voici les deux cents dollars et soyez à l'affût si j'ai besoin de vous à un moment donné. Quand je réglerai mes affaires avec Adam, nous recommencerons, même si c'est dans d'autres endroits. Je ne peux pas rester inactif pendant longue.

Le péon lui dit au revoir pour revenir vers Hutchinson et Swan, envahi par une colère sourde qui ne lui permettait pas de contrôler ses nerfs, se préparait à marcher vers Wichita à la recherche de son ancien pion.

Et puisque George lui avait donné tous les détails dont il avait besoin pour localiser Adam, il s'est mis à le traquer quand il pouvait le moins s'en douter.

Il se posta près de l'hôtel où logeait le faux potentat et attendit patiemment qu'il tombe la nuit. Si Adam fréquentait les tripots jusqu'à l'aube, il espérait le voir quitter l'hôtel à tout moment.

Et il ne voit pas ses espoirs frustrés, car vers dix heures et demie, l'ex-ouvrier, fait un bras de mer, sort de l'hôtel en fumant un magnifique cigare de Virginie pour se rendre au « Silver Dollar ».

Swan le suivit à distance. Ce n'était pas le moment le plus approprié pour l'approcher, en raison des nombreuses personnes qui passaient dans les rues ; il lui faudrait s'armer de patience et attendre que la nuit passe et, à l'aube, en quittant le tripot, sortir à sa rencontre et régler les comptes en suspens.

Pour le trafiquant, c'est une attente angoissante qui finit par lui faire perdre les nerfs. Sa patience s'épuisait, malgré ses efforts, et en plus d'un instant il fut tenté d'entrer dans le joint revolver à la main et de lui tirer dessus.

Mais il a pu tenir malgré tout et alors que l'aube approchait et que l'endroit était déjà complètement vide, il le vit émerger à la porte, à la lumière de la lampe qui pendait à la porte du haut.

Mais avec une rage infinie, il constata qu'il ne sortait pas seul. Il était accompagné d'une grande fille blonde, enveloppée dans un large châle pour se protéger de l'air frais du petit matin.

Adam lui offrit galamment son bras pour l'accompagner et Swan, incapable de résister plus longtemps, bondit hors de l'ombre et en plusieurs enjambées se tint devant le couple en beuglant :

"Adam, fils de loup... ! Tu vas payer le travail que tu m'as fait !

Adam, se rendant compte du danger, lâcha le bras de la jeune fille et mit sa main sur le côté, mais tardivement, car le revolver du trafiquant a tonné deux fois et l'ancien ouvrier laissant tomber son arme, a mis ses mains sur sa poitrine et est tombé effondré. au sol, tandis que son compagnon, terrifié, criait hystériquement à l'aide.

Swan aperçut des pas lointains qui s'approchaient et, courant, il se perdit dans une ruelle sombre, fuyant avant qu'ils ne puissent l'arrêter.

Il croyait avoir tué Adam et cela lui suffisait, mais il ne voulait pas se laisser prendre.

Et comme il avait tout laissé prêt pour la fuite, il courut par diverses ruelles désertes jusqu'à ce qu'il atteignît l'endroit où il avait laissé son cheval, prêt à partir.

Il avait agi dans un endroit trop éloigné, où il n'était connu de personne et si Adam était mort comme il le supposait, découvrez qui l'avait tué.

Ce serait un incident de plus parmi les nombreux qui se sont produits en raison de rivalités dans des affaires sales, et une fois le corps enterré, le dossier serait clos avec la phrase utile de "tué par une main inconnue".

Lorsqu'il se retrouva à nouveau sous la protection des biens de son cousin, il justifia son absence en disant qu'il était allé régler une affaire de bétail et que pour le moment il envisageait de passer une saison de repos. Il resterait avec son cousin pendant une semaine ou deux, puis il ferait un voyage au Nouveau-Mexique pour faire vibrer l'atmosphère au cas où cela lui conviendrait de rester là-bas.

Cependant, il était tourmenté par un doute comme auparavant il avait tourmenté Adam, et c'était l'incertitude de ne pas savoir fixement si son ancien pion était mort ou non.

Mais cela n'allait pas être facile pour lui à vérifier. Wichita était trop loin et la nouvelle ne pouvait pas l'atteindre. Il devrait se contenter de souhaiter que les tirs soient efficaces.

Mais si Adam s'est sauvé et l'a dénoncé, il ne s'attendait pas à ce que quelqu'un se soucie de trop de recherches pour le retrouver. La vie d'un gars comme Adam ne valait rien surtout sous des latitudes comme celles-là et personne n'allait prendre la peine de mobiliser tout l'État pour le rechercher. Il est vrai qu'il pouvait dire qu'il vivait à Sterling, mais comme il n'allait pas retourner dans cette ville, qu'ils le recherchent autant qu'ils le voulaient.

Les jours s'étaient écoulés sans variation à Hutchinson. Leslie dépensait le peu d'argent qu'elle avait pu mettre de côté en prévision de besoins urgents et ne résolvait rien qui pourrait clarifier la situation.

Personne n'avait donné de raison à Adam et rien n'avait encore été entendu de Swan. Il semblait que la terre les avait engloutis, et pourtant ils devaient être quelque part non loin de là, et le destin les empêchait de les trouver.

Bird se remettait rapidement. Sa blessure extrêmement grave s'était cicatrisée et il était impatient d'être libéré pour se livrer fébrilement à la recherche de son ancien compagnon de caravane traître.

Jusqu'au jour où le shérif réussit à accrocher le fil de la piste qui le mènerait à Adam et Swan, par le conduit qu'il pouvait le moins soupçonner.

C'était à l'occasion de l'arrestation de George, le pion de Swan qui venait d'arriver de Wichita. George, après avoir reçu les deux cents dollars du croupier, était entré dans un tripot, s'était saoulé, avait eu une grosse dispute avec un éleveur qu'il avait frappé avec une bouteille et l'un des commissaires du shérif l'avait arrêté et emmené aux bureaux.

Et c'est là que l'autre commissaire, celui qui avait suivi Swan et son équipe jusqu'aux environs d'Abilene, le reconnut instantanément.

Lorsqu'il a donné au shérif une telle reconnaissance, l'homme à l'étoile a soumis l'ouvrier à un interrogatoire rude et épuisant, au point de l'obliger à débiter tout ce qu'il savait.

Et ce qu'il savait que le shérif ignorait, c'était sa quête pour localiser Adam, sa rencontre avec lui, son retour pour faire un rapport à Swan, et la gratification que Swan lui avait donnée pour la nouvelle.

Le shérif s'est précipité pour trouver le passeur, mais il était déjà parti pour Wichita. Son cousin ne savait pas où il était allé, mais Swan lui avait dit qu'il serait de retour dans une semaine.

Pour le moment, je ne pouvais rien faire, si ce n'était attendre ; mais il mit une garde discrète autour des champs du cousin de Swan, pour arrêter Swan dès son retour. Et aussitôt envoya un long télégramme au shérif de Wichita, intéressé par la capture d'Adam et, si possible, celle de Swan, puisqu'il supposait à juste titre que le trafiquant n'était allé à la cité du bétail que dans l'obsession de faire disparaître qui que ce soit. ainsi il l'avait trompé. Peut-être croyait-il encore qu'en taisant la langue d'Adam pour toujours, il ne serait pas possible de clarifier le premier enregistrement et pourrait à un moment donné s'assurer de la légalité de son achat.

Vingt-quatre heures plus tard, le shérif a reçu la réponse de Wichita. Le shérif de la ville le télégraphiait en disant :

J'ai reçu votre télégramme et alors que j'étais sur le point de vérifier les enregistrements, les événements se sont précipités.

Ce matin, en sortant d'un joint accompagné d'un artiste, celui qui s'appelle Adam Greene a reçu deux balles dans la poitrine, qui si elles ne sont pas mortelles pourraient l'être. Comme il a pu en témoigner, l'agresseur est un trafiquant de ces environs, nommé Swan. Il vit dans une ville appelée Sterling.

Suivant ses instructions, j'ai gardé Adam dans une de mes cages, où le médecin vient le soigner. Cela garantit que dans les huit ou dix jours, vous pourrez voyager, si nécessaire, mais avec certaines précautions.

J'attends d'autres nouvelles de votre part pour continuer.

La joie de Leslie fut énorme lorsque le shérif réalisa à quel point il en savait. Adam était dans le filet sans pouvoir s'échapper et quant à Swan, ce serait une question de jours pour le joindre.

« Que comptez-vous faire ? demanda Leslie.

« C'est ce que je me demande. Je ne me fais pas confiance en laissant Adam entre les mains de mon partenaire pour qu'il puisse me référer à quelqu'un là-bas. Il pourrait y avoir un pot-de-vin ou quelque chose de similaire si, comme il le dit, Adam gère beaucoup d'argent et préfère l'envoyer chercher.

« Mais je n'ai que deux commissaires. L'un est à l'affût de Swan au cas où il reviendrait, et l'autre n'est pas suffisant pour un si long trajet. J'ai besoin de plus de monde.

"Cela peut être réglé. Je peux accompagner votre commissaire et, entre nous deux, prendre soin d'Adam et l'amener ici. Comme vous le supposerez, vous ne pourrez pas me corrompre pour autant d'argent que vous avez.

« Je suppose déjà et puisque vous proposez d'aider mon commissaire, j'accepte l'offre. D'après ce que dit mon partenaire, il faudra environ huit jours pour être en mesure de voyager. Si une charrette est louée pour l'apporter, le voyage vous consommera presque ce temps et vous arriverez juste pour vous occuper du voyou. En attendant, j'essaierai de capturer Swan, et si j'y parviens, l'affaire sera résolue en un rien de temps.

« Pour ma part, je suis prêt à partir quand tu dis.

« Ils peuvent le faire le matin. Mon commissaire s'occupera de tout organiser pour le voyage.

"Très bien. Je veux juste vous demander d'être à l'affût de la sortie de Bird. Prenez soin de lui, ne le laissez pas partir d'ici et assurez-lui que tout sera réparé dans quelques jours.

"Ne t'inquiète pas, je vais faire comme ça.

Le lendemain, le shérif et Leslie sont partis pour Wichita avec un mandat d'arrêt signé par le shérif et une lettre au shérif. L'affaire était en train d'être résolue et Leslie sautait de joie.

Le troisième jour après leur départ à la recherche d'Adam, Swan retourna dans les champs de son cousin. Il était loin de se douter que cette fois les choses allaient empirer et qu'il avait trébuché qui ne pouvait plus être réparé.

Le commissaire le laissa arriver et au moment où il s'y attendait le moins, il fit son apparition à la cabane, surprenant le dealer et son cousin.

Le commissaire, qui était le même qui avait sauvé la vie de Leslie parmi les rochers, l'intimida en disant :

"Monsieur. Swan, vous êtes détenu sur ordre du shérif Hutchinson.

« Moi ? Pour quelle raison ?

« Il est accusé d'avoir tenté d'assassiner un colon d'Abilene.

« Moi ? Qui peut prouver cette absurdité ?

« Moi, qui suis celui qui est intervenu lorsque vous et trois pions sous votre commandement avez essayé de l'abattre. Il est inutile de le nier, car, en plus, l'un des péons est détenu, qui a tout avoué.

Les dents du contrebandier grinçaient férocement.

"C'est un piège et je ne tomberai pas dans le piège.

« Cela dit au shérif. Levez les bras pour que je vous dépouille du revolver puis suivez-moi.

Swan a hésité un instant, mais a obéi et lorsque le commissaire a saisi la crosse de l'arme, Swan a essayé d'enfoncer son genou dans sa poitrine, mais le commissaire, qui n'était pas une recrue, a cambré son corps à temps et le coup a échoué. Pas si le sien, à cause d'un impressionnant coup de tête appliqué, l'a privé de connaissance.

Et portant le corps du trafiquant sur son épaule, il quitta la cabane et plaçant sa charge sur le dos du cheval, il se prépara à rentrer en ville.

Au moment où il y arriva, Swan avait repris conscience, mais bien menotté, il était impuissant à se retourner à nouveau contre le commissaire.

Le shérif prit soin de lui et le forçant à s'asseoir devant lui, il dit :

"Monsieur. Swan, quand les gens manœuvrent avidement et prétendent posséder ce qui vaut cent pour cinq, ils finissent généralement par tout perdre et avec elle, la liberté et qui sait quoi d'autre.

« Toi. Il croyait faire une bonne affaire en achetant Adam pour une merde qui valait beaucoup d'argent et quand il s'est rendu compte que sa cupidité l'avait conduit à faire une mauvaise affaire, il ne s'est pas résigné à perdre, mais tourné contre tout le monde et malgré lui. Cela vous a conduit à commettre une série d'actions qui vous coûteront cher, puisque vous êtes accusé avec la preuve de deux tentatives d'assassinat. L'un, en la personne d'un colon d'Abilene. et l'autre en la personne d'Adam, que vous avez expressément cherché à Wichita pour l'envoyer en enfer.

« Si ce que vous vouliez était de fermer votre bouche afin que vous ne puissiez pas déclarer comment vous avez fait avec les deux documents qui ont servi à vérifier le premier dossier, vous avez échoué, car Adam n'est pas mort, mais, même s'il était mort, vous .Je n'aurais jamais pu revendiquer ces terres parce qu'il était illégal de les conserver.

Swan remua avec colère.

« Je ne savais pas comment ils étaient tombés entre ses mains, car si j'avais su qu'il avait commis un crime, il ne les aurait pas achetés.

« Quoi qu'il en soit, ce sera un réconfort pour vous de savoir qu'Adam ne sera pas mieux loti. Il pèse également sur lui une accusation de tentative de meurtre avec vol et les jurés ne se gêneront pas pour le juger. J'ai peur que vous alliez danser ensemble dans le même arbre.

« Je serai consolé si je le vois danser avant moi.

"Cela, la chance décidera. Et maintenant, si vous n'avez rien à argumenter en votre faveur, vous ne pouvez attendre la décision que lorsque la cause est vue.

« Le moment venu, j'essaierai de me défendre.

Le shérif l'enferma à nouveau et se prépara à attendre le retour de Leslie et de son shérif.

Ils sont arrivés quelques jours plus tard, emmenant celui qui a causé tant de détresse dans la charrette, bien ficelé.

Dan avait perdu toute son arrogance et son cynisme. Il s'est rendu compte du piège dans lequel il était et la panique d'en subir les conséquences l'avait sombré moralement et matériellement.

Le shérif l'a traité durement et l'a soumis à un interrogatoire brutal, mais Adam, croyant que Bird était mort en lisant le journal, a insisté pour ne pas avouer son crime.

"Je n'ai tué personne" rugit-il. J'ai trouvé ces papiers dans une enveloppe au milieu de la rue et réalisant qu'ils avaient une bonne valeur si je me dépêchais d'enregistrer ces terres à mon nom, je l'ai fait. Ils peuvent m'accuser de détournement, mais pas de crime.

« Tu penses qu'on ne peut pas t'accuser de ça ?

« Je vous mets au défi de présenter des preuves. Voyons qui m'a vu tuer ou essayer de tuer quelqu'un et amenez-moi la victime.

« N'avez-vous pas lu que votre victime était décédée ? D'après vous, qui était l'homme qu'ils ont trouvé mourant dans l'allée de Los Sauces ? Va-t-il nier avoir connu Victor Bird ?

« Je ne sais pas qui est cet Oiseau, je n'ai jamais entendu parler de lui. S'il avait eu les papiers et les avait perdus, cela ne veut pas dire que j'étais l'auteur de sa mort. J'ai trouvé les papiers dans la rue. Peut-être que celui qui l'a tué quand il s'est enfui les a perdus.

« C'est ton dernier mot ?

« Je n'en ai pas d'autre et je répète que je vous mets au défi de prouver que j'ai tué cet homme.

« Eh bien, nous verrons si cela se fait.

Et le lendemain, alors que Bird venait de quitter l'hôpital avec la décharge dans sa poche, Leslie l'emmena dans les bureaux du shérif. Celui-ci, pour se venger de la guerre que cette affaire lui avait donnée, avait préparé un spectacle surprise pour Adam. La surprise de lui faire face avec Bird, que le voyou croyait déjà en train de pourrir ses os sous terre.

Le sortant de la cage et le poussant vers le bureau, il dit sarcastiquement :

« Adam, il vous a présenté à qui peut attester que vous avez tenté de l'assassiner dans la ruelle de Los Sauces.

Le voyou resta pâle comme de la cire lorsqu'il fut confronté à l'ancien caravanier, et pendant un instant il sembla qu'il allait s'effondrer sous le choc féroce, mais réagissant brutalement, d'un bond inattendu, il se lança sur Bird en beuglant :

« Toi, au diable ton timbre !

Manipulation et tout, il semblait qu'il allait tomber sur l'ex-caravane convalescente, l'écrasant du poids de son corps avant que le shérif et Leslie ne réagissent et puissent l'attraper, mais ce n'était pas nécessaire, car Bird à la hauteur de sa colère activa la jambe alors que le bandit sautait sur lui et lui appliquait la semelle de sa botte dure sur le visage avec une telle force qu'il le jeta en arrière contre la porte d'entrée.

Adam tomba au sol, saignant abondamment de la bouche et du nez, et c'est Bird qui dut être retenu, alors qu'il tentait de se jeter sur son ennemi pour le détruire avec ses griffes.

Traînant le corps meurtri d'Adam, ils le ramenèrent jusqu'à la cage, tandis que Leslie tentait de calmer son partenaire. L'épreuve avait été trop dure pour tous les deux, chacun dans un sens, mais suffisamment pour ne pas avoir besoin d'une autre confrontation.

L'affaire était suffisamment claire à tous égards. Adam avait avoué avoir fouillé le terrain de manière inappropriée, même s'il a nié le vol et la tentative de meurtre. Maintenant, exposé, il ne pouvait plus nier et les juges, lorsque l'affaire serait entendue, annuleraient l'enregistrement d'Adam et de Swan, l'attribuant à leurs véritables propriétaires.

La ténacité de Leslie avait finalement atteint ce qui était juste.

CHAPITRE XI

TERRE MÈRE

Deux jours plus tard, après avoir vérifié le rapport correspondant contre Adam et Swan et présenté l'affaire aux autorités compétentes afin qu'elles puissent signaler l'audition de l'affaire, Leslie et Bird ont décidé de retourner en ville.

Ils ne pouvaient plus retarder le retour. A Abilene, ils seraient hantés par leur sort, puisqu'ils étaient absents de chez eux depuis trop de jours et que le procès durerait encore au moins trois ou quatre semaines, le retour fut imposé.

Mais le shérif les a rassurés sur l'avenir. L'affaire était si claire que lorsqu'une sentence était prononcée contre les deux voyous, une autre était prononcée, annulant l'enregistrement et ordonnant qu'il soit attribué à ses véritables propriétaires.

Cependant, Leslie a promis de revenir après un mois.

En attendant, il veillerait à leurs intérêts et apporterait en même temps joie et tranquillité à une centaine de foyers où régnait alors l'inquiétude.

Pendant le voyage, Bird déclara avec contrition :

« J'ai honte de me présenter à nos collègues. J'ai été stupide et confiant, et à cause de moi, ils ont tous été exposés à la perte de leurs biens. Je doute qu'ils me pardonneront.

"Ne sois pas pointilleux," répondit Leslie. Ils savent que tu es un homme honnête et que c'était une chance. Je peux vous assurer qu'ils ont été aussi soucieux de votre vie que de vos propriétés.

« Que Dieu vous paie tous, Leslie, et vous en particulier, qui avez risqué votre vie pour mettre en place ce que j'ai si bêtement foiré.

« Vous ne pouvez pas être trop bon, parce que vous devenez si stupide que vous pensez que les autres sont aussi bons que vous.

« Tu as raison, Leslie. Nous, les hommes, ne savons pas être assez reconnaissants pour ce que la terre nous donne. On aimerait le fruit, mais en évitant de suer au sol pour l'obtenir. Si nous n'étions pas toute une armée d'hommes coriaces, prêts à subir les intempéries du temps en grattant l'écorce, alors nous verrions si d'autres sauraient valoriser notre effort.

Avec ces disquisitions amères, le couple atteignit les environs de la ville. Jamais auparavant ils n'avaient ressenti une telle émotion, peut-être parce qu'ils s'étaient jusqu'alors sentis comme des hommes qui vivaient en prêt et qu'ils se connaissaient désormais comme les propriétaires absolus de tout ce qui composait leur vie et leur foyer.

Les colons les plus avancés, quand ils virent le chariot qui roulait lentement, commencèrent à répandre la nouvelle de l'arrivée des deux hommes, et bientôt le travail fut abandonné et tout le monde accourut à leur rencontre avec l'empressement reflété sur leurs visages.

Ils avaient été dans l'ignorance la plus complète de toutes les vicissitudes subies par les deux colons de Hutchinson et ils étaient submergés par le doute de ce qui avait pu arriver avec la domination de leurs terres.

Tout le monde entoura les deux héros de l'aventure, les harcelant de questions et Leslie pour les calmer, cria :

"Un instant, compagnons. Vous saurez tout en temps voulu et dans l'ordre, mais pour calmer vos inquiétudes, j'anticiperai que cette affaire a été résolue. Les deux ennemis les plus redoutables qui s'étaient présentés à nous, sont emprisonnés et accusés de vol et Ils seront jugés et condamnés sous peu, et quand cela arrivera, les juges décréteront la nullité de cet acte et ordonneront qu'il soit inscrit à nos noms.

« Alors tout le monde se calme et ne nous harcèle pas plus que nécessaire. Nous avons passé des journées épuisantes à effectuer des procédures intenses, j'ai dû faire un voyage très lourd à Wichita, pour m'occuper du voyou qui a blessé Bird et volé nos documents et maintenant nous avons également eu une dure journée jusqu'ici. Reprenons des forces et vous saurez tout avec la plus grande quantité de données.

Un hourra ! accueillit bruyamment les paroles de Leslie. Beaucoup l'ont embrassé avec enthousiasme, d'autres ont sauté de joie et certains ont pris Bird dans leurs bras et l'ont porté vers les champs, le portant sur leurs épaules avec l'émotion naturelle du vieux caravanier.

Alors que la grande foule de colons entourant le chariot se dissipait, Leslie a pu en descendre. A peu de distance, les larmes de joie dans les yeux, Marguerite attendit le moment de pouvoir s'approcher de son fiancé, et lui, s'avançant vers elle, ouvrit les bras pour la recevoir en criant :

"Margarette...!

Pendant quelques minutes, ils étaient tendus, se tenant fébrilement. Aucun d'eux ne pouvait parler, et ce fut Leslie qui reprit son sang-froid en disant :

« Eh bien, Margaret, je suppose que vos nerfs se seront calmés maintenant et que tous vos soucis seront morts.

« Oui, chérie, maintenant oui, mais jusqu'à présent... que de nuits d'angoisse, de peur, d'incertitude j'ai passées à penser à ce qui a pu t'arriver ! Cela fait presque trois semaines d'absence que je ne les souhaite pas à mon pire ennemi.

Un peu plus tard, le colon a fait un récit fidèle de tout ce qui s'était passé et a expliqué comment par pur hasard, lorsqu'un des pions de Swan a été arrêté, son sort et son exploit de se déplacer à Wichita pour abattre Swan avaient été découverts. son vieux pion.

Margaret l'avait écouté avec envie, et quand elle a terminé son histoire, elle a commenté :

« Pensez-vous que … ils vont vraiment annuler cet enregistrement et le mettre à notre nom ?

— Je n'en doute pas, ma chère. Le shérif m'a assuré formellement et cela va de soi. Adam devant reconnaître qu'il a essayé de tuer Bird uniquement pour saisir les papiers et enregistrer le terrain à son nom, c'est une démonstration qu'il nous appartient et les juges prononceront la sentence appropriée.

"D'un autre côté, j'ai enregistré qu'Adam a volé plus de huit cents dollars à Bird qu'il avait dans sa poche pour faire quelques achats et comme ils ont trouvé Adam dans sa poche près de sept mille, ils nous les rendront et peut-être plus en compensation des dommages subis.

« Tout, comme vous pouvez le voir, a été résolu, et il n'y a aucune crainte que l'affaire ne se reproduise et maintenant que je vous ai pleinement informé de tout, permettez-moi de jeter un œil à mes terres. J'ai été absent d'ici pendant près d'un mois et demi sans m'occuper de mes intérêts et cela m'inquiète maintenant.

"Eh bien, suis-moi et arrête de t'inquiéter. Vous verrez que vos récoltes sont aussi en ordre que celles des autres. Nous avons tous contribué nos efforts pour prendre soin d'eux comme les nôtres et vous n'aurez à blâmer personne pour un abandon qui n'a pas existé. Venir.

Il la prit par le bras et ils se dirigèrent vers l'endroit où Leslie gardait son complot.

A côté se trouvait un monticule et, gagnant son petit sommet, ils regardèrent autour d'eux.

C'était le milieu de l'après-midi, le soleil de l'été déjà à venir, brillait avec force, splendeur, et là où le paysage était couvert, on ne voyait que des vagues de blondes et des oreilles envahies qui, déjà en saison, n'attendaient que le tranchant de la faucille pour être récolté la moisson.

Leslie, les larmes aux yeux et dominée par une émotion intense, prit sa fiancée par la taille et commenta :

« N'est-ce pas beau que nous voyons, Margaret ?

— Bien sûr que si, mon cher.

« Oui, c'est beau et excitant. Peut-être que pour beaucoup, la contemplation de ce qui nous entoure n'a pas un grand sens. Beaucoup le regarderont avec des yeux indifférents, comme quelque chose de naturel et souvent vu, mais pas nous. Nous devons l'admirer avec des yeux différents car c'est notre travail, le produit d'un effort, quelque chose qui porte dans ses entrailles une grande partie de notre sève répandue dans un effort musculaire sur la terre-mère, pour la faire fructifier pour le bien de tous.

« Je suis né colon parce que Dieu l'a voulu ainsi et je ne me suis jamais plaint de cette inclination dure et épuisante. Tout ce qui est créé a sa beauté et cela l'a aussi, bien que beaucoup ne sachent pas comment le comprendre.

Pour cette raison, bien des fois, quand dans des villes peuplées où le cœur de la terre n'est pas pulsé parce qu'il en est loin, j'ai vu comment les gens se sont sentis agréables avec un ingénieur, un architecte ou tout autre homme de science et nous. nous a traités avec indifférence, en disant tout au plus, Bah, un paysan ! Je me suis senti blessé et indigné.

"Personne ne s'est arrêté pour penser à quel point est important celui qui dessine un pont ou érige un grand bâtiment, comme celui qui cueille ses fruits du sol après beaucoup de sueur et d'angoisse. Nous sommes tous créanciers de quelque chose et méritons le même traitement et le même respect.

"Ce n'est que lorsque les grandes catastrophes ont dévasté les terres, fait chuter les récoltes et réduit les articles que nous leur offrons avec notre sueur, qu'ils ont été déplacés, mais pas par nous, qui nous voyions en ruine, mais parce que pour les autres ont été manque de blé ou de farine. Ce n'est qu'alors qu'ils ont réalisé un peu ce que la Terre-Mère signifie pour l'humanité, même s'ils ont ignoré ce que ces terribles catastrophes auraient pu signifier pour nous.

« Mais cela n'a pas d'importance, Margaret ; nous vivons dans notre petit monde et nous y sommes heureux. Pour nous, la terre mère est tout. Nous savons valoriser ce que nous lui demandons et ce qu'elle nous donne, et si elle nous donne de quoi vivre, nous lui en sommes reconnaissants et la chouchoutons pour ce qu'elle est : notre mère matérielle.

« Voyez-vous cette énorme récolte que cette année nous donne en retour de nos efforts ? Car elle est notre bonheur, notre maison, la bénédiction de Dieu pour notre amour et notre tranquillité. Je sais que ces jours-ci le chemin de fer va commencer à fonctionner et que cela nous permettra de disposer de tout le grain stocké et de celui que nous allons collecter. Nous allons le vendre, nous aurons de l'argent pour compléter ce qui nous manque et la ville va grandir, prospérer et avoir des choses qui sont très nécessaires et dont nous ferons en sorte qu'elles ne manquent pas.

« Il y aura une église, une école pour les garçons, un petit casino pour nos soirées modestes et familières ; et un jour, ce peuple né de nulle part, parce qu'une poignée d'hommes de bonne volonté coriaces l'ont voulu ainsi, fera partie de la géographie de la nation et sera marqué sur les cartes comme quelque chose de tangible. Ce jour-là, nous en serons tous fiers, car chacun d'entre nous a mis son grain de blé « jamais mieux appliqué la phrase » pour que le vœu devienne réalité.

« Et nous devons tout à la mère terre, qui nous attendait ici avide de recevoir la caresse de nos mains rudes, pour nous offrir le fruit qu'elle gardait dans ses entrailles et que personne n'était venu cueillir.

« Oui, Leslie, nous le devons à elle et à nos efforts.

« Juste, mais l'effort doit être appliqué là où il paie. Semer dans le sable n'est pas rentable, il faut le faire ici, où la Terre Mère peut compenser cet effort.

« Et maintenant, je vais vous dire quelque chose qui vous rendra très heureux. J'ai promis de retourner à Hutchinson dans un mois, qui sera la date à laquelle le procès se déroulera et tout sera résolu. Pour vérifier cela, pour être sûr que l'enregistrement a été légalisé à notre nom, je reviendrai, mais en retardant un peu le voyage. D'abord nous récolterons la moisson et ensuite... je chargerai le chariot de blé et toi et ton père viendrez avec moi.

"Nous vendrons le blé là-bas, avec ce qu'ils nous donneront, nous achèterons ce dont nous avons besoin pour nous habiller comme Dieu l'a voulu et nous marier là-bas, sans avoir à attendre que l'église se lève ici et quiconque puisse venir. Nous reviendrons mariés et rien ne troublera le bonheur que nous avons gagné avec tant de sueur.

Elle lui sauta au cou, lui appliquant un baiser passionné sur la bouche en affirmant :

« C'est comme ça que je le veux, parce que c'est comme ça que tu le veux. Béni sois-tu, Leslie !

« Et bénie soit la terre qui nous a donné la possibilité d'être aussi heureux que nous l'avons rêvé.

Et là, au sommet du petit sommet du monticule, tous deux étroitement enlacés, ils souriaient joyeusement, tandis que le vent berçait la tapisserie de pointes qui semblaient les saluer tandis qu'ils se penchaient sur la terre et que la rivière glissait en murmurant qui sait quelles phrases d'amour et de bonheur pour les mariés passionnés.

FINIR